小学館文庫

陰陽師と桜姫

あすみねね

小学館

第一章

黒い桜の木から生まれた娘

一

遥かなる昔、異能が栄えている三大国があった。

上河、貴陽、玉兎の三つの国は歴史ある陰陽師、方術士の一族が在住する地だった。

かつてこの三国は互いに支え続けたが、あるものが生まれてから一変した。


――〝呪桜〟。


上河には、不思議な〝黒い桜〟があった。

この桜は玉兎のとある方術士、有翠という女が作り出したが、ただの妙な研究をしているだけで害はない、と放置されていた。

ある日、呪桜から子が生まれるようになった。

黒い花弁の下に幼子が突如、現れた。初めは捨て子の遺体と思われたが、陰陽師が視たところ異能を感じ取った。

呪桜があるだけなら、まだよかった。呪桜に、とある人間の女が取り込まれた。女は怨念を持っており、桜と呪いが一体化した。

それから上河は一気に衰退した。作物は育たず疫病が流行り、民たちは呪いを恐れて貴陽と玉兎に逃げ去った。上河は今、滅びへと向かっていた。


晴天の中、少女の眼前に黒い花弁が舞い散った。麗らかな陽気に喜んでいるように風が吹き荒れている。

少女が「あ」と声を出そうとしたが、出なかった。

少女に知能はあった。この国が上河であること、自分の性別は女であること、など幼子にしては理解していた。

「……呪桜が子を生んだか」

耳元に低い声が響いた。

少女は起き上がった。すると、呪桜の大樹の姿が一望できた。

少女は思った。黒ではなく、桃色であったなら、桜の絶景であるのに。如何せん、晴れ晴れとした空の下で、まるで夜と見紛う呪桜の墨のような色は気味が悪い。

その中で、さらに闇と一体化したような男が立っていた。

呪桜にも負けていない華やかな黒髪に、漆黒の着物を纏う男。切れ長の目に、肌は陶器のように白く美しい。

少女が見蕩れていると、男が体に張り付いた幾枚もの花弁を払ってくれた。少女に恥ずかしいという感情が芽生えた。何故、自分は裸なのだろう。幼女でまだ体は成熟してないとはいえ、異性に裸は見られたくない。

けれど、男はそのまま少女を抱き上げた。

「うぅー！　やっ、やー！」

少女は言葉にならない呻き声を上げながら抵抗した。すると、ふわっと体に温もりを感じた。男の羽織が少女の体を包んだ。男の仕草は実にさりげなかった。

「俺の名前は美春。お前の名は――陽桜李」

「ううー、ううー？（ヒオリ？）」

「太陽の下で、桜の木から生まれた李のような娘」

陽桜李。少女――陽桜李は心の中で呟いてみた。ヒオリ、ひおり、陽桜李。何だか素敵な名前。

美春は陽桜李の肌に頬を擦り寄せた。陽桜李の頬は幼子らしい弾力があった。

陽桜李はびっくりして一瞬、固まるが目を上げる。

美春は真面目な顔をして、じっと目を閉じていた。八の字になった両眉が、どこか泣いているように見えた。だから、陽桜李は美春に身を委ねた。

陽桜李も目を瞑って寝そうになっていると突然、ぐわん！　と体が動いた。美春が陽桜李を抱えたまま、歩き出した。

ざ、ざっと地を踏む足音がする度、黒い花弁が浮かぶ。まるで自分の周りに何匹もの胡蝶が飛んでいるようだった。わあ、と陽桜李は頬についた花弁を抓む。だが、花弁に触れた途端、指先がびりっと痺れた。人差し指がじんじんと痛みだす。

「う、うう……」

陽桜李が涙目になっていると、美春はすぐに指を見た。そして、すっと指の腹を撫でると、陽桜李の傷をあっという間に消してしまった。

「咒桜の花にはあまり触るな。弱い者には影響が強い」

陽桜李は指と美春を交互に見つめると、すっぽり美春の胸元に隠れた。

陽桜李は抱えられたまま、美春の脇の隙間から咒桜を見る。

咒桜を見ていると、黒い面が反照して何かがちらりと見えた。陽桜李は、はっとして顔を上げる。

──女。女がいる。

長い黒髪の着物の女が、咒桜の前に浮いている。薄らとしか見えないから、陽桜李は幻覚かと目を擦る。すると、次に見た時には消えていた。

女の顔もはっきりとは見えなかった。まるで能面のようだった。

(……幽霊？　美春は、見えていたのかな)

陽桜李は問いかけるように見上げたが、美春は涼しい顔のままだ。女の存在に気づいているのか、気づいても無視しているのか分からなかった。

呪桜の森を抜けると、陽桜李は息を呑んだ。

目の前に現れたのは荒廃した光景だった。人の手が入ったことのないような砂漠が広がり、草木は少ない。空咳が出るくらい乾燥していて、曇天であるとこの世の終わりかのように映る。

美春は見慣れているのか驚いた様子は見せずに、ただ何処かに向かって歩いていく。

殺風景な地で見えてきたのは、瓦屋根の古い屋敷だった。

庭園には手入れされた樹木が並び、池では鯉が泳いでいる。手作りの小さな鹿威しが音を奏でる。石畳が玄関まで案内するように続いていた。

突如、楽園に辿り着いたようだ。さっきの荒れた地と同じとは思えない。

美春は変わらない顔で、屋敷の戸を開けた。

「……美春様？　じゃなかった、父上。何処に行っていらしたのです？」

戸を開けると、ちょうど廊下に人が立っていた。

老人のような白髪で、一瞬おじいさんかと思った。でも、違った。

　青白い肌で、痩せこけているせいか頬に少し皺があるが、美春のような美男だった。細い体軀で割烹着を着ていると女のように見える。腕に抱えた洗濯物の山が崩れそうになって男が「おわっ」とよろめくと、美春が支えた。

「琥珀、今日は体調は、いいのか？　別に無理しなくてよい」

「ははは、横になっていても、何だか考え事ばかりしてしまいますからね。それに一日でも放っておくと家がめちゃくちゃになる！　本当に美春様は家事ができないんだから」

「俺のことは〝父上〟と呼べ、と言っている」

「はいはい、父上。……ところで、その女の子は？」

　琥珀と呼ばれた男は、優しく笑いながら陽桜李を見て首を傾げた。

「わあ、可愛いねえ」と頭を撫でられる。くすぐったくて陽桜李は犬のようにぶるぶる、と首を横に振った。

「俺の〝娘〟だ」

「ん？　今、なんて？」

「俺が咒桜を使って生んだ〝娘〟だ」

　ぴたっと琥珀の手が止まった。琥珀は笑顔のままなのに、どんどん顔色が蒼褪めていく。陽桜李を撫でていた手がガタガタと震えだし、琥珀は卒倒した。

「わあ！　あっ！（大丈夫？）」

「放っておけ。そのうち目を覚ます。それより、お前の体を洗わねば」

「あーっ！」

陽桜李は連れていかれながら片手を伸ばす。琥珀は散らばった洗濯物の上で気絶していた。

陽桜李は屋敷の風呂場に連れられ、羽織を着たまま座らされた。湯船に湯が入ると、美春が手拭いを浸して陽桜李の体を拭き始める。

髪を洗い流されていたら、枯れた兕桜の花弁が、ぼろぼろと落ちてきた。

美春から新しい手拭いで全身を巻かれ、ごしごしと子犬のように拭かれた。

「さ、終わったぞ。陽桜李。こっちに来い」

美春が陽桜李の片手を引く。水滴のついた足で廊下を歩くと、こぢんまりとした広間に着いた。

美春は箪笥（たんす）の前に行き、顎に手を当てる。

「……しまった。うちは男ばかりだから、女物の服がないな」

ぶつぶつ呟いている美春を陽桜李が見ていたら、突如、縁側から足音がした。音に誘われて行った先は屋敷の庭園で、人が集まっていた。

子供もいれば、美春のような大人もいる。でも特に多いのは老人だった。陽桜李が羽織をはおったまま出ていくと、皆が一斉にわっとざわめいた。

「美春様！　美春様！　この子が咒桜の娘ですか？」

「この国をお救いになる〝救世主〟であらせられるぞ！」

「我が家は何百年にも亘って続く一族です。上河国から離れたくない！　ああ、美しいこの国を生きているうちにまた拝みたい！」

「〝桜桃姫〟恋墨様の再来だ」

民たちから叫びのような歓声が突然、陽桜李に向けられる。

陽桜李は怯えながらも、民衆の特徴に気づいた。皆、着物は見窄らしく、痩せた者が多い。子供は元気ではあるが、誰かのお下がりを繕った服だ。そして琥珀と同じ白髪の頭が目立った。

壮健な体軀で、上品な着物を着ている美春と比べたら天と地の差だ。――何故？

「皆様、落ち着いてください！　ああ、僕がうっかり喋ったから一気に広まっちゃった……」

琥珀が慌てた様子で民衆を止めに入る。だが、時既に遅し。滾りに滾った空気はおさまるどころか勢いが増すばかりだ。

陽桜李の素足に誰かの手が触れた。悲鳴を上げようにも陽桜李は声が出ない。足首を摑まれ転倒しそうになった刹那。

「気安く触るでない。まだ生まれたばかりだ」

美春が陽桜李の足を摑んだ手を制した。目を離した隙にと悔いているのか、眉間に皺を寄せた美春は急いで陽桜李を抱き上げた。抱えたまま広間の襖を閉める。音が遠くなっていく中で、

「救世主、救世主、救世主！」

と喜んでいる子供たちの声が聞こえた。

陽桜李はぞっと体が冷えていくのが分かり、一瞬にして美春の胸元で気絶した。

二

重い瞼を開けると、額に汗がじんわりと浮かんだ。線のように流れる生ぬるい微風が、汗を乾燥させる。

陽桜李は布団の上に寝かされていた。縁側から差し込む陽光がまるで陽桜李を歓迎しているかのようだ。〝ようこそ。この謎多き屋敷へ〟と。

陽桜李が起き上がると背中が濡れていた。はっとして振り返り、真っ白な布団を見た。自分の汗が小さな水溜まりを作っていて、恥ずかしくて着物の袖で拭く。

すると、がらりと襖が勢いよく開いた。

「わあ！　陽桜李、起きたんだね」

琥珀だった。お盆を片手で持って「おっと！」と落としそうになりながら襖を閉めた。お盆の上に手拭いと椀が置いてある。

琥珀は陽桜李の前に座ると微笑する。

「大丈夫？　一晩も寝ていたから心配したよ。いきなり人前に出てびっくりしちゃったんだね。僕のせいでごめん。貴陽国から医者を呼んでいるけれど、此処は上河国だからね。行くのを嫌がる人も多いから……」

「…………！（一晩？　そんなに寝ていたの……）」

「今、ちょうど体を拭く時間だったんだ。まだ具合悪いなら、やってあげようか？」

「…………!?（体を拭く？　私、そんなことされていたの？　絶対に嫌！）」

陽桜李はこれでもかというほど強く首を横に振る。

いいの？　と首を傾げる琥珀は、陽桜李の気持ちをまるで分かっていないようだ。

琥珀からそっと椀を渡されて、焦っていた陽桜李は水を一気飲みした。ぷはーっと息を吐くと、やっと気が落ち着いた。

陽桜李が椀を見ながら思い出すのは、あの光景。

――救世主、救世主、救世主！

そう呼んで陽桜李を崇める国の民たち。懇願するように自分を拝む人々が陽桜李には怖くてしょうがない。ひやっと背筋が寒くなって、陽桜李は目を瞑った。

「思ったより元気そうで安心した。顔色も悪くない。でも念のためお医者さんに診てもらったほうがいいと思うんだけれど……父上がねえ」

琥珀は嘆息しながら、すっと手を伸ばし、布団のそばにあった着物を取った。そして、針が刺してあった着物を縫い始めた。

桜が鏤められた桃色の小さな着物。女の子用だ。

「可愛いでしょ？　陽桜李の着物、作っておいたよ。今は僕のを着ているから、ぶかぶかだものね」

確かに今、着ている着物は、袖が手先まであって、襟がふわっと浮いている。本当だ、と余った袖をひらひらと琥珀に見せた。

「でしょ？」と琥珀は天女のように微笑する。目を伏せながら着物を縫う琥珀を見て、陽桜李の頭にとある言葉が浮かんだ。――お母さん。お母さんだ。

自分に親はいないから、母がなんたるかは知らない。だが、もし、いたとすれば琥珀そのものかもしれない。

「さ、できた！　こんな感じでいいかな」

「！（わあ……）」

「陽桜李、着てみて。あ、僕は廊下にいるから気にせずに」

陽桜李はぴょん、と立ち上がって着物を受け取った。着物を広げると、桃色の地に白い桜が陽に反照してきらきらと輝く。初めてまともに笑った気がした。

が、突如、襖が開いた。

二人はびっくりして同時に振り返る。背後には美春がいた。

相変わらずの仏頂面で、長身の体軀で見下ろす姿が物々しい。先ほどまでの和やかな空気が、一気に凍り付く。

「陽桜李、起きたか。こっちに来い」

「父上？　陽桜李は、まだ目を覚ましたばかりで……」

「構わん」

「何が構わんのですか。父上、前々から思っているけど言葉が足りな……えっ？　あ、ちょっと！」

琥珀が眉を八の字にしている間に、陽桜李は美春に手首を摑まれた。まるで荷物であるかのように、ずるずると陽桜李は廊下を引き摺られる。

とある部屋の前で止まると、美春が襖を開けた。

中には文机が壁向きで置いてあって、窓もなく、行灯が淡く点っている。即座に陽桜李は——怖い、怖い、牢屋だ、と思った。

「此処はお前の部屋だ。今日から俺がお前を徹底指導する」

部屋の前で震えて動けなくなった陽桜李の背を、美春が突き飛ばすように押した。

陽桜李は畳につまずいて転ぶ。涙目になっている陽桜李を冷たく見る美春に、謝る気配は全くない。

「何故、そのような教育をお前に施すのか分かるか？」

陽桜李はぶんぶんと大きく首を横に振る。

「陽桜李、お前は上河国の呪いを解く娘」

「（……また、救世主？）」

「この国に——春をもたらす桜姫（さくらひめ）」

——春？　桜姫？

「父上!?　何をなさっているのです!?　陽桜李は、まだ病み上がり……それに医者に診てもらわないと」

「医者など、来ん。貴陽の医者は、勘解由小路（かでのこうじ）一族に媚（こ）び諂（へつら）っている者ばかり。弱き者の味方なんて建前。来るわけがない。それに、俺が全て分かるからよい」

「いや、それは、そうかもしれないですが、でも！」

「結界、式神、漢方薬、全部、俺が作っている。お前の病もそれで治した。何か不満か？　俺が、いつ、どこで間違った？」

「正論ですが！　陽桜李を、こんな小さな女の子を巻き込む理由が何処にあるのかと、聞いているのです！」

琥珀はひーっと声を上げそうなほど困惑していた。わがままな殿様に手を焼いている家臣のよう。

「ひとまず、服を着たら指導を始める。一人で着物を着られるまで此処から一歩も出るな」

美春は鋭く告げると陽桜李の着物を投げて、ぴしゃりと襖を閉めた。

目の前に琥珀も何もかもいなくなった。眼前が一気に薄暗くなり、行灯の橙色の光だけが部屋に漂っていた。

三

陽桜李は着物を着るのに半刻もかかった。

着物という存在は分かっているが、この着物をどうやれば着られるのかが分からなかった。考えることはできるのに、言葉を発せない状態と酷似していた。

きっと琥珀がいれば、こうすればいいと丁寧に教えてくれただろう。でもそれを美春は許さなかった。

——どうして？　私に厳しくして何になるの？

ちなみに何度か襖を開けようとしたが、開かなかった。鍵など何処にもないのに、頑丈に施錠されているかのように開かない。しつこく開けようとすると、びりっと電撃のようなものが走り、指先がじんじんと痛んだ。

そこでこの部屋から出るのは諦めた。

ある程度、着物は着ることができた。帯を腹がきつくならないくらいに締める。陽桜李は顔を上げて襖の前で正座した。

刹那、襖がスッと開いた。目の前には美春が立っていた。

部屋にいた時、襖の外は物音一つなく、人の気配はしなかった。いつから襖の前にいたのだろう？　まるで瞬間転移でもしたような——。

陽桜李が目を疑っている暇もなく、美春は言い放った。

「今から指導に入る」

美春は文机を指差した。机の上には何冊もの本が積み重ねてあった。初めからあったのか、〝今〟置いたのか。

「まず、お前に人間の言葉を覚えさせる」

陽桜李の前に美春が正座した。背筋がぴん、と伸びた美しい姿勢だった。

美春は懐から半紙と筆を取り出した。さっと素早く何かを書くと、畳の上に置く。

「〝陽桜李〟。お前の名だ。言ってみろ」

「ひ……、あ？（ひ、お、り）」

「違う。俺の口の動きをよく見ろ」

ぱちん、と高い音が響いた。美春が陽桜李の手を軽く叩いたのだ。陽桜李は手の甲をじっと眺めた。だんだんと赤く染まる模様に、口を結ぶ。

——どうして叩くの？　痛い、痛い、この人は私が嫌いなの？

「嫌いではない。お前のためにやっている」

「え……？」

陽桜李の心を読んだかのような返事だ。否、美春は読んでいる。いつから？

絶句する陽桜李など気にもかけず、美春は続けた。

「もう一度。陽桜李、復唱しろ」

「ひ……ひ、あ……うー、うー」

「初めから。もう一度」

人の言葉を覚える。この美春の指導は一晩続いた。

美春は陽桜李に徹底的に言葉を教え込んだ。平仮名から漢字の読み書きを一日中させ、ありとあらゆる書物を読み終わるまでご飯も与えなかった。陽桜李は傍らにまだ何冊も残っている本を見た。

陽桜李には妙なところがあった。どれほど書き写しても手が疲れないし、空腹も感じない。書く速さは遅いほうかもしれないが、疲労というものが皆無だった。

でも、理不尽。疲れないからといって辛（つら）くないわけではない。

それでも書物の文字はするすると頭に入ってくる。ふ、と俯（うつむ）くと頁（ページ）に染みがついた。

汗のような水滴だ。目頭が焼けるように熱くて、湯ほどではないが生温（なまぬる）い水だ。

――これは、何？　何故、目から水が出てくるのだろう？

――私が、この国の呪いを解く？　救世主？　桜姫？

でも、そんなの知らない。私は好きで生まれたのではない。

――桜姫になんか、なりたくない！

すると、背後の襖がカラッと開いた。

陽桜李はびくっと振り返る。けれど、眼前に琥珀が現れ、陽桜李は安堵（あんど）した。

「はーっ、やっと入室許可が出たよ。これじゃあ、まるで監禁だよね。大丈夫？　陽桜李」

琥珀が苦笑しながら問う。

陽桜李がじっと見つめていると、琥珀がはっとした顔をした。笑みを消して陽桜李の前に座った。

「陽桜李、泣いている。うっ、ごめんね、こんなの酷いよね、本当にごめん……どうして父上は咒桜なんて使って……」

琥珀が陽桜李の頬に触れる。指先で水滴を拭うと、ぎゅっと陽桜李を抱き締めた。

陽桜李は両目を強く瞑って、わざと水を出した。眼界が見えにくくなると、歪んだ景色の中、琥珀がさらに狼狽していた。

「うー、うー！（私、厠に行きたい！）」

「どうしたの？　……ん？　厠を指差している？　そうだよね、ずっと部屋にいて我慢していたよね。分かった、今、襖を開けるから……」

と、琥珀が襖を大きく開ける。その前に陽桜李は飛び出した。襖にあった壁のようなものは消えており、廊下に出られた。

一瞬振り返って、茫然とした琥珀の顔が目に入った。ズキン、と心が痛んだけれど、迷わず走る。

広間の縁側に向かうと、陽桜李は眩い光に両手を翳した。長い間、暗い部屋にいたから一層光が強く感じる。指の隙間から差し込む光の束に圧倒されながらも、陽桜李はゆっくりと前に進んだ。

後ろから「あーっ！　やってしまったっ！」と琥珀の悲鳴が聞こえる。

捕まる前にと陽桜李は焦り、裸足のまま縁側を下りた。

庭園を通り過ぎて門前に行く。だが、何か壁のようなものにぶつかって弾かれた。

陽桜李は当たった片手と門を交互に見る。

——この透明な壁……襖にあったのと同じ！

でも、陽桜李は今度こそ諦めなかった。門前に立ち、両手に力を込めて伸ばす。

透明な壁は膜のようでもある。じゃあ、膜を剝がすように壁を壊せば——。

指先が痺れたが、とにかく力を入れた。すると一瞬、壁に空洞が開いた。

今だ——、小さい陽桜李の体だと小さな穴でも十分くぐり抜けられる。

門を通って、再び振り返る。未練をどこか残しながら、陽桜李は屋敷を去った。

四

この上河国はことごとく衰退しているらしい。

陽桜李は出ていくのに必死で当初、景色など見ている間もなかったが、歩き続けるうちに冷静になって、周囲の様子が頭に入ってきた。

田舎のように殺風景で民家は少ないが、まず草木がまるでない。かといって砂漠地帯でもなく、ただただ緑が枯れて荒廃していったものと見られる。空はどんよりと曇っていて、晴れる日のほうが珍しいのかもしれない。

民家は小さいのが多いが、美春の屋敷に負けないぐらい大きい家もあった。

そういう家は、美春の屋敷と違ってほぼ開放状態なので、陽桜李は縁側から中を覗いた。

「…………（誰かいますか）」

コンコン、と縁側を叩いてみた。返事はない。

家には誰もいない。ただ、敷きっぱなしの布団が二組ある。

「（留守にしているのかも。だったら、しばらくここを根城にしよう）」

と考えて縁側に座っていると日が沈んだ。

「…………（どうして誰も帰ってこないの？　ここはもしかして……）」

家には誰もいない、のではなく――誰も住んでいない？

そうならば、と思いつくと陽桜李は縁側から先へ進入した。敷かれている布団は冷たく人の温もりはない。女が頭に被せるのであろう真っ白な被衣が床に広がっている。

白い布に夕日の光が反照して臙脂色に染まる。絵を描くように塗られていく色を見つめていると、布の端に人の顔が映った。

陽桜李はびくりと振り返る。

縁側の前に少年がいた。髪は黒く、溌剌とした瞳が丸々とし、指をくわえながら陽桜李を見ていた。

「あーっ！　陽桜李様だ！」

「…………！（様付け？　この子、まさかこの間の人たちの中に……）」

「わあ！　みんなを呼ばなきゃ！　ねえ、桜から生まれたって本当？　僕もみんなもお母さんのお腹から生まれるんでしょ？　でも陽桜李様は桜から生まれたから救世主なんだよね？　どうして？」

少年は目を輝かせながら矢継ぎ早に質問してくる。

どうしてか、って——？　そんなの当人が一番知りたい。

どうして自分がこの国で崇められ、救世主と呼ばれているのか。そもそも自分は何者なのか？　名を付けられたことで陽桜李という存在になったが、何故、目が覚めた時に黒い桜の木の下にいて、それが桜から生まれたことになっているのか。

その前に自分は何かであったような気がする。その何かとは人であったのか、だから少女にしてはしっかりした意識があるのか。そんな感覚が初めからあって、まるでずっと夢を見ているようだ。これが現実なのか夢なのか——。

また目眩がして倒れそうになる。自分を守るように被衣を身にまといながら、ぶるぶると体を震わせる。少年は笑顔のまま陽桜李に話しかけ続けていたけれど、なんと言っているのか全く耳に入ってこない。

「────？　どこに行ったの？　そろそろ日が暮れるわよ」

　少年を呼ぶ女の声がした。応答した少年は「あっ！　お母さん！」とよそ見した。

利那、陽桜李は隣にあった布団の中に隠れた。

「お母さん！　今、そこにね、陽桜李様が……あれ？」

「何を言っているの。もう帰るわよ。美春様が見張りをしてくれているとはいえ、最近は盗賊が多いって聞いたから怖いわ」

「ねえ！　陽桜李様がいたんだよ！　本当だよ！」

「もう、陽桜李様が屋敷から出てくるわけがないでしょう。あの方には〝使命〟があるんだから」

　──使命？

「ほら、ここはあれよ……咒桜の森も近いから、具合が悪くなったりしたらどうするの？　もういやよ、この国の人が……いや何でもないわ。ごめんね。帰りましょう」

「ねえー！　お母さん！　本当に陽桜李様が──」

　陽桜李は布団に横になりながら、親子の声が遠ざかっていくのを感じた。止めていた息を静かに吐いて、ばくばくと鳴る心臓を落ち着かせようとした。このままだと混乱で気絶しそうだ。それでも──陽桜李は布団から出て立ち上がった。

　外はすっかり夜になっていた。真白の被衣を明かりにして縁側を下りる。

陽桜李が顔を上げると、満月が綺麗(きれい)に映っていた。

この国に、あの月のような陽が出れば、もっと明るければ、それが民が求めている希望——いわば救済。

突如、目がちかりと眩(まぶ)しくなった。満月から一本の光が地上に投げかけられた。その先を視線で辿ると、夜闇の中、さらに暗い塊のようなものが見えた。

森だった。陽桜李には覚えがあった。——咒桜の森だ。

陽桜李は被衣に身を包み、導かれるように森へ足を進めた。

五

黒より黒い色は、光となる。

漆黒がそれで、例えば漆器は傾けると反照し、自分の顔が映る。陽桜李のような艶やかな髪も、整えると頭頂がつやりと光る。

咒桜も、同じ現象の大樹だった。

森は提灯(ちょうちん)がなければ足元も見えず、自分がいったい何処へ向かっているかすら不明になるのに、咒桜が現れた途端、すぐに分かった。

森全体を覆うほど大きな咒桜は、上河国がどれほど朽ち果てようとも、立派に咲いている。まるで国の命を吸っているかのように。

「…………（みんな、あんたのせいだ）」

陽桜李は咒桜を睨みつける。

「…………！（民が苦しんでいるのも、私が救世主にならなきゃいけないのも、あんたのせいだ！　こんな木、燃えでもすればいいんだ！）」

思いを吐露して、陽桜李は桜の黒い海に飛び込んだ。ぼふっと空気が抜けた音がして花弁に埋もれた。質のいい布団の中のようで、心地好い。

陽桜李はあることに気づいた。俯せで花弁の香りを嗅いでいると気持ちがよくなってきた。ある種、麻薬のようなふわふわした感覚だった。

生まれたばかりの時は、花弁に触れるだけで指を怪我していたのに。もう何ともなくなった。

歩き続けた疲れがスーッと取れるどころか、何かの力がどんどん漲ってくる。こんな小さな身なのに、今なら巨漢でも殴り倒せそうな気分だ。

陽桜李は花弁を吸うのをやめて、仰向けになって目を瞑った。

生まれた時の体勢になった。陽桜李はこうやって眠っていて、目が覚めると黒い花弁が舞っていた。

「——陽桜李！　陽桜李っ！　何処に行ったの？　お願いだ、出てきてくれーっ！」

陽桜李は聞き覚えのある声に、はっと起き上がった。琥珀だ。

穏やかさを残しながらも、母が我が子を失ったような悲痛な声が響き渡る。それから続いて「陽桜李ぃ、陽桜李ーっ！」と今にも泣きそうな声で叫ぶ。

陽桜李は咄嗟に被衣で身を包んで隠れた。でも、でも——と心がうるさい。琥珀が悲しむ顔は見たくない、と。

陽桜李は意固地になるのをやめて、立ち上がった。

「あっ！」と大きな声がしたかと思うと、遠くに見えた琥珀が息切れしながら走ってきた。

「陽桜李！　ゴホッ、ゴホ、陽桜李……やっぱり此処にいたんだね！　うっ、ごめんね、辛い思いさせてごめんね……」

琥珀は涙声で陽桜李を抱き締める。何故かずっと咳をしているが、それでも陽桜李を放さなかった。花弁が散る中、陽桜李は琥珀の背中に手を回した。ごめんなさい、と伝えるように背を擦る。

「陽桜李……いやかもしれないけれど、一旦、屋敷に戻らないか？　僕が父上に土下座して、これ以上陽桜李に厳しくしないようにお願いするから。ね、何が何でも僕が守るから。怖いことはもう何もない。おうちに帰ろう？」

琥珀は陽桜李の両肩を優しく摑みながら、屈んで説得する。

「………………（私、おうちに帰る）」

陽桜李はこくりと頷いた。

「ほ、本当かい？　ああ、よかった……ゲホッ、ゴホッゴホッ！」

「………………！（琥珀！　血が！）」

突如、琥珀が膝をついて吐血した。地面が血で染まる。咳が止まらず、ぜえぜえと息をしていた。陽桜李は狼狽するしかない。

「はは、陽桜李は咒桜の瘴気に中てられても大丈夫だと思うけれど、僕は凡人だからね。なんせ実の親にここで捨てられて死にかけた……後遺症は今も……ゲホッガハッ」

「（もう喋らないで！　早く此処から離れよう！）」

陽桜李が琥珀の腕を引っ張ると、何とか歩いてくれた。ひたすら咒桜と反対の方向に進む。

――自分は何ともなかったのに、まさか琥珀のような普通の人間には咒桜が毒だったなんて。それが分かっているのに琥珀は森に入って捜してくれたんだ！

想像だにしなかった事態に、陽桜李は混乱する。自分の身勝手さに後悔もしていた。

自分のせいだ、琥珀が死んだら自分のせいだ。自分こそ、美春に土下座でもして助けてもらわないと、琥珀に顔向けができない！

逸る気持ちを抑えながら、琥珀の歩幅に合わせて森を抜け出そうとした。が、ぼふっと人に打つかった。陽桜李が顔を上げると、大男と細身の男の二人組がいた。

「ん？　なんだァ？　邪魔だ、ガキ」

「なんでこんな夜に子供が……。あっ、兄ちゃん！　子供の後ろの男……こいつ、勘解由小路家の義理の息子ですよ！」

「なんだと？」

「白髪の優男風で、一度、見かけたことあるんす！　勘解由小路の屋敷を覗いた時に、庭掃除をしていた！　屋敷には変な壁があったし、流石に勘解由小路家長男の美春は相手にしたくなかったから、それだけにしたっすけど……」

「ふん、一丁前に綺麗な着物を着やがって。着物だけでも金になるが、こいつを人質にすれば勘解由小路家からたんまり金を取れるかもな！」

二人組の男が大騒ぎし始めた。陽桜李は頭に疑問符を浮かべるが、琥珀は「くっ、こんな時に……！」と眉を顰めた。

「陽桜李！　この二人は今、この辺りを騒がせている盗賊だ！　目撃報では、兄弟だと聞いている！　とりあえず……、説得するから陽桜李は先に森に出て！」

琥珀は意を決したような顔をして、陽桜李の背中を思いっきり押した。陽桜李は一歩、二歩と歩くが立ち止まる。

――説得？　盗賊に説得が効くのか？

少し離れたところで陽桜李は振り返る。案の定、琥珀は盗賊に羽交い締めにされていた。琥珀が何か喋ると、大男が頬を殴った。

それを見た瞬間、陽桜李の頭がカッと熱を帯びた。熱は湯のように沸騰してどんどん体温が上がってくる。まるで自分が炎になったかのように熱く、下唇を痛いほどに嚙(か)み、両手の拳を強く握り締めた。

「――やめてよ！　琥珀を傷つけないで！」

金切り声を上げていた。と同時に、陽桜李の周りに突風が吹いた。

風と共にやってきたのは、呪桜の大量の花弁だった。

六

「うわァ！」

琥珀を捕まえていた大男が突風で飛んでいった。細身の男が「兄ちゃん！」と大男を追う。琥珀は力が抜けて、その場に崩れ落ちた。

陽桜李は琥珀を助けるより前に、大男に向かった。

「――許せない」

琥珀を苦しませるなんて許せない。こんな状態にした自分も許せない。

陽桜李が力を入れると、花弁が出てきた。両手を大男に差し出すと、花弁が虫の大群のように迫った。大男の片目に花弁が入って、じゅっと焼ける音がした。

「うあああっ！　目が、目があ！」

目鼻口、ありとあらゆる体の穴に花弁が入り込む。その度に大男は絶叫した。男の顔は墨でも被ったかのように真っ黒になり、もはや原形を留めていない。それでも陽桜李は花弁を発生させるのをやめなかった。

「ば、バケモノ！　兄ちゃん！　兄ちゃん！　誰か、誰か助けてくれぇ！」

「……ひ、陽桜李、ダメだ、それ以上は……！」

――もう誰の声も聞こえない。

刹那。誰かが陽桜李の手を握り締めた。

はっとして顔を上げる。隣には美春が立っていた。

「そこまでだ。陽桜李――」

美春の低くどこか宥める声を聞く。願いを込めるように握られた手の力が強くなる。

陽桜李は目が覚めたかの如く脱力した。と同時に、大男に貼り付いた花弁がみるみるうちに萎(しお)れていって、顔貌が浮かび上がった。

「兄ちゃん、兄ちゃん！　今度は勘解由小路美春まで出てきた、もうお終(しま)いだあ！」

「落ち着け。貴様らは俺の式神が貴陽の守護団に連れていく。顔の怪我も治すから安心しろ」

倒れそうな背中を美春に預けたまま、盗賊との対話をぼんやりと聞く。

陽桜李たちの周りに二体、顔に文字が書かれた半紙をつけ、着物を着た人間――否、式神がぬっと現れた。美春が指示すると、式神は盗賊の弟を連れていこうとした。

自分は今、何をしようとしていたのだろう。目の前の大男は今にも死にそうだ。

死にそう？　私、人殺しを――？

陽桜李は罪悪感から大男に手を伸ばそうとした、が。

「もういい。何もかも、もういい！　こんなバケモノが森にいるのも、俺の親父(おやじ)が死んだのも、みんなみんな、咒桜(こいつ)のせいだ！　今すぐ燃やしてやる！」

大男は回復したのか、潰れた片目を押さえながら立ち上がる。咒桜のほうへ向かうと突如、火を放った。はっと息を呑むより先に、美春が叫んだ。

「やめろッ！　早まるな！　頼む、火だけはやめるんだ！」

美春のこんな姿は初めて見た。けれど、美春が懸命になる理由はすぐに分かった。

大男は呪桜に火を投げたが、大樹はびくともしない。しかし、落ちた火が花弁についた途端、大男の体が黒い火炎に包まれた。

ただ男の悲鳴と燃える音が森に響き渡る。そばにいた式神が火の粉に触れ、一瞬にして消えた。

美春は急いで業火から背中を向け、陽桜李と琥珀を庇うように抱き締めた。

絶叫が消えたのと同時に火が消えた。残ったのは大男の死体——と言えるのか、岩石のように真っ黒になり粉々になった物体だった。

この場にいる全員が沈黙する中、美春が呟いた。

「呪桜の花弁に火をつければ、炎は千度を超える……つまり熔岩と同じ熱だ。人などひとたまりもない。これは貴陽の者が何度も犯した過ちから導き出された結果……だからやめろと——」

はあっ、と美春は片手で顔を覆って、悔しさしかない息を吐く。かろうじて意識のある琥珀が愕然として陽桜李を抱き締める。その手は微かに震えていた。

呪桜は目前に死人がいても「だからどうした？」とでも言うように、元通り花弁を舞わせ、咲き誇っていた。

「どうして？　どうしてだよ……」

悲痛な声がした。大男の弟だった。黒い塊となった兄を拾い上げ、涙する。

「俺たちは人殺しはしてない。盗賊だって、なりたくてなったわけじゃない！　全部、全部、生きるためだった。父ちゃんも母ちゃんも死んで、兄ちゃんと生きたかった。それだけだ。貴陽だって玉兎だって、どこの国も俺らみたいな貧民を助けてくれないから！　なのにどうして、なんでだよぉ！」

陽桜李はこの時、盗賊がただ一人の兄想い（おもい）の弟に見えた。そう、ただの人なのだ。それはほかの民たちと同じ――。

闇の中に光が見えた。男が懐から小刀を取り出したのだ。男は泣き叫びながら切っ先を自らの首元に向ける。

陽桜李の足が動いた。小さな体で男を突き飛ばし、上に乗っかる。男が手に持っていた小刀を地面に落とさせた。刃が陽桜李の指を切る。だが、痛みも出血も忘れた。

「生きて！　生きて、お願い生きて！　貴方（あなた）だけでも生きて――！」

気が付いたら、号泣していた。咒桜が怖かったのではない、怯えてなんかいない、ただこの国に起きている現実があまりにも哀（かな）しい。それでも心がこう言うのだ。助かった者の自死は違う、と。

「陽桜李に同意だ。生きろ」

美春が後ろからやってくると男の肩を叩き、立ち上がらせた。直後、男は子供のように泣きだした。

美春が両手を合わせると、また同じような文字を顔に貼りつけた人影が現れた。新しい式神が生き残った弟のほうを連れていく時、彼は言った。

「貴女のことを実は知っていた。民が噂をしていたから……もしかしたら、本当にこの国を救ってくれるのかも、俺たちはもう盗賊をしなくて済むかも、なんて夢を少し抱いた……ありがとう、陽桜李様」

半泣きで笑う男の顔は、無人のあの家で会った少年の笑顔と同じだった。

第二章 水色の侍〝蒼夜叉〟

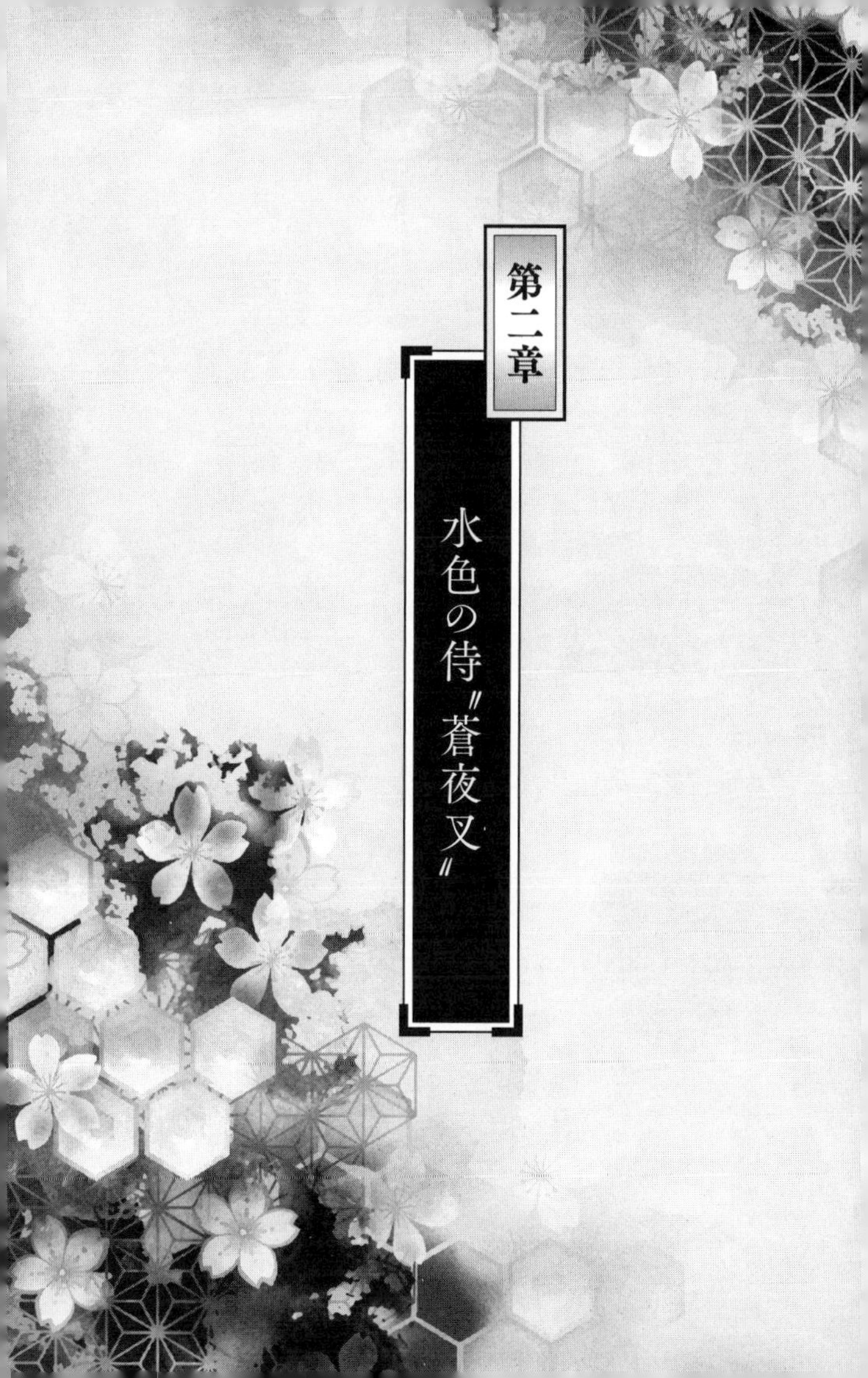

一

上河には涙川という川がある。

言い伝えでは、女が男に酷いことをされて流した涙が川となったとされている。女の末裔は、それに因んで苗字を涙川とした。

こんな話を知ったのは、陽桜李が川遊びで訪れているうちに、とある男に教えてもらったからだった。

涙川の水面にうねる魚影を陽桜李は凝視した。強い日射しを受け額からじんわりと出た汗が、ぽとりと水に落ちる。小さな波紋に影が気づいて逃げようとするのを、川に突っ込んだ片手で摑む。

笹の葉形で銀色に黒の斑点があるこの魚は——と、陽桜李は川から上がる。魚を地面に投げると、河原には既に何匹もの魚が積み上がっていた。

「山女魚！」

陽桜李は獲ったばかりの大物の名を叫びながら万歳した。この喜びを伝えたくて、岩陰に向かう。

「涙川殿！　今日もいっぱい魚が獲れたよ！」

「……ぐあー」

「山女魚もあるよ！」

「……がー」

「涙川のおじ様、また居眠りしている」

「誰がじじいだ、たわけ」

　陽桜李はこつん、と軽く頭を叩かれる。

　眼前にいるのは水色の狩袴(かりばかま)を着た男だった。眉間に垂れる髪は錆(さび)色で、鼻が高い。白皙(はくせき)だが筋骨隆々だ。白髪交じりの髪は常にぼさぼさで、掻(か)く度にフケが落ちる。

　男の名前は〝涙川〟。それしか名乗らない。本名かどうかも分からない。つまり涙川の一族を自称している。

　陽桜李はこの川が好きだった。父親の美春(みはる)の許可が出ている時刻に散策して、たまたま見つけた。最初は綺麗だと眺めていたが、そこに涙川が現れたのだ。

　涙川は「此処は自分の縄張りだ」と言わんばかりに、いつも河原の岩陰で寝ていて、一見すると物乞いのようだった。

　交流が始まったのは最近のこと。川を眺めているだけだった陽桜李は「美春と琥珀(こはく)にあげたい」と思い立ち、着物の裾を上げて結び、逃げ回る魚を懸命に捕まえようとしていた。でも、魚は全く捕まる気配がない。

「そのままじゃ、日が暮れるぞ」

陽桜李の背後に、いつの間にか涙川がいた。この時、陽桜李は起きている涙川を初めて見た。

「捕まえるにはコツがある。刀でも何でも――」

それから陽桜李と涙川の間には友情のようなものが芽生えた。でも陽桜李が「お友達」と言うと、涙川本人は「師匠と呼べ」と言って受け入れない。

「見て！　ついに山女魚を手に入れたの！」

「おぉ……と言いたいところだが、そんなに魚を集めてどうすんだ。漁師にでもなるつもりか。ったく、呪桜（じゅざくら）の娘だというのに太平なもんだ」

「あっ、美春お父様！」

「人の話を最後まで……」

木陰に漆黒の着物が見えた。陽桜李はすぐに美春だと分かって駆けつけ、ばふっとその腰に抱きつく。

「涙川殿、また陽桜李と――」

美春が涙川を見ると察したように呟いた。

以前、美春が迎えに来た時に、二人が話しているのを見た。どうやら美春は涙川と知り合いらしい。

　涙川は片手で頭を掻きながら、ふうと息を吐く。

「はいはい。言いたいことは分かっとる。そこまでこのお嬢ちゃんに介入していないから安心しろ、〝お父様〟」

「……面目ない」

　あの美春が端整な顔で頭を下げた。

「ところで陽桜李。今日は俺の息子が帰ってくる。名は大和という。お前のもう一人のお兄さんだ。顔を合わせてくれるか？」

　えっ、と陽桜李は緊張する。

　話は聞いていた。美春は琥珀の他にもう一人、孤児を引き取っている。琥珀より年下で、貴陽の武官学校に行っているということだった。美春のような霊感はないが、琥珀より壮健であるため、将来は守護団に入るのを目指している。

　陽桜李が生まれて一ヶ月ほど過ぎたが、やっと家に慣れてきた。大和にもすぐに慣れるだろうか。

　つらつら考えて口を結んでいると、美春が微笑みながら頭をぽんと擦った。

「何事もゆっくり慣れていけばいい。無理をすることはない」

　陽桜李はぎこちなく頷く。

美春の指導は変わらず続いていたが、ちゃんと陽桜李に自由を与えたりするなど、過酷ではなくなった。琥珀曰く、盗賊の件を相当に反省したそうだ。根が真面目だからこそ、誰から責められたわけでもないが、自分の言動を省みた。そして陽桜李の育児計画を一から作り直し、周囲にも本人を焦らせないように牽制したらしい。

「……涙川殿。大和も貴方を尊敬している。よろしければ屋敷にお越しください」

「えっ、涙川殿がおうちに来るの？」

陽桜李は嬉しくなって口を出したが、岩陰に寄りかかり目を瞑っている涙川から返事はない。

しばらく沈黙が続いたのを否ととらえたのか、美春は陽桜李の手を引いて歩を進めた。

二

涙川から離れ、上河の道を行くと、曇り空が広がっていた。

どうしてか涙川付近は晴れているが、屋敷の周辺は雨や曇りが多い。琥珀はいつも洗濯物が乾きにくいと嘆いている。

涙川は咒桜の森とは反対方向で、恐らく瘴気が弱い。もし川に浄水作用があるとしたら、涙川一族の伝承は事実なのかもしれない。少し夢がある話だ。

美春より若く足の速い陽桜李が一歩先に屋敷に着くと、人に打つかった。硬くて大きな膝に当たり、赤くなった鼻を擦りながら顔を上げた。

眼前に見覚えのない胡服(こふく)姿の美男が立っていた。長い髪を一つ結びにし、長身で逞(たくま)しい。

青年は穏やかな佇(たたず)まいを残したまま、陽桜李に頭を下げた。

「申し訳ありません！　無事ですか？　怪我はしていない？」

「何とかぁ」

「美春様、とんでもない無礼を――お許しください。縁側から足音が聞こえたので出迎えようかと思い……」

「構わん。気を遣わず、屋敷でゆっくりするといい」

青年は背筋をぴんと伸ばし、片手を胸に当てながら礼をする。陽桜李は青年に両目をきらきらと輝かせる。もしかして、この綺麗な人が――。

「お父様……この人が私のお兄様!?」

「いや、その人は大和の友人の八秀(ようしゅ)。休暇中にわざわざ上河に訪れてくれた」

陽桜李はガクリ、とあからさまに首を垂れた。

「小さい頃から上河の情勢を聞いていたので、一度は目にしないと、と使命のようなものがありまして。実際に見ると貴陽との差に驚くばかりでした。貴陽から派遣される守護団や医師の不足は承知の上で、もっと対策せねばと益々思うばかりです」

「八秀は武官学校で文武両道の首席と聞いている。玉兎の古くから続く一族の出であるとも。早速、民の家の援助をしてくれたそうだな。感謝をと伝言があった」

「美春様にそう仰っていただけて恐縮、光栄です」

小難しいやり取りをしている二人を見て、陽桜李は美春の袖を引っ張った。

「大和お兄様は？」

「今、広間で寝ているよ」

八秀が陽桜李に背丈を合わせるように屈んで微笑んだ。

「お手伝いで疲れて？」

「いや、手伝いは私一人だけで……あ、でも、帰省する旅路で疲れていたんだと！」

「……全く情けない。根性を叩き直さんと」

吐息をついて美春は屋敷に入っていく。八秀は陽桜李に向かって苦笑した。

戸を開けると廊下から芳香がした。琥珀が夕飯の準備をしているのだろう。いつもなら手伝うが、今日は早足に広間に向かった。

広間である人物を見て「あっ」と陽桜李は声を上げる。

ぐおおっと獣のような鼾をかきながら、仰向けで熟睡している青年がいた。朽葉色の髪に、人懐っこい童顔だが体は熊のように大きい。学校の礼服の胡服を着崩し、汗ばんでいる首元を痒そうにぼりぼりと掻いていた。腰には太刀より小さい剣のような武器がある。陽桜李は青年にそっと近づきながら首を傾げた。

――これ、涙川殿が持っていたのと似てる。

陽桜李が手を伸ばすと、

「おい馬鹿やめろ！　これに触るな！　この刀は、父ちゃんの形見だ！」

「刀？　父ちゃん？」

「ってうわあ！　お、おお女!?　誰だ、お前！」

青年は寝言のように叫ぶと、咄嗟に起き上がって後退りした。子供が大切なものを取られないようにするように、太刀のような武器を両手で抱き締めている。

陽桜李は平静にその場で正座した。

「……私は陽桜李。美春お父様の娘。おそらく貴方が大和ならば――私は妹になる」

「妹!?　俺に妹だと!?　ってことは……親父の隠し子!?」

「たわけ！」

ばちん、と大きな音が大和の頭に響く。美春が眉間に皺を寄せて大和を叩いた。

「いってーっ！」と涙目になって騒ぐ大和に、いったいどちらが年上なのかと、陽桜李は苦笑した。

三

「成る程なあ。お前が例の咒桜の……」

陽桜李と大和は縁側に座って話していた。

大和は美春に叩かれた頭を「いてて……」と擦りながら吐息をついた。しばらくぼうっとしていたが「あっ」と思いつく。

ぐるっと頭を逆さまにして縁側の下を覗き込み、埃や蜘蛛の巣だらけの虫籠を取り出した。名も分からぬ虫が何匹も虫籠で暮らしている。中でも大きい揚羽蝶を掴んで、大和の前に差し出した。

「大和お兄様。お近づきのしるしに、どうぞ」

「ん？　いぎゃー！　虫じゃねぇか！　いらんいらんいらん！　俺、虫は無理！」

「これ、黒くて珍しいんですよ。お父様に聞いたら黒揚羽は幸運と良縁の証なんだって。——咒桜もそうだったらよかったのに」

最後の一言は声を小さくした。虫に怯えて頭を抱えていた大和は、ばつが悪そうに唇を嚙み締める。

蝶が閉じた羽を苦しそうに動かした。思う存分羽を広げて、自由になりたいと泣いているようだ。陽桜李はどうしてか胸中に上河の民が思い浮かんだ。

蝶を放すと夕日に向かって飛んでいく。陽に当てられた蝶の黒い羽は、穢れを払うように白く輝いた。

横を見ると、大和も同じ景色を眺めていた。物思いに耽る大和の瞳は、美春と琥珀に似ていた。二人とも時々、こんな目をする。

――実の親に捨てられて死にかけた。

――これに触るな！　この刀は、父ちゃんの形見だ！

琥珀と大和の共通点は〝過去を背負った者〟。では美春は？

「大和お兄様は、私が咒桜から生まれたと聞いても驚かないの？」

「……うーん、俺は頭わりぃから親父がやっている陰陽師とかの難しいことは分からないし、もし桜から子が生まれれば救世主になるとは聞いていたけど、伝説じみてて実感がないというか……そりゃ、上河国を救ってくれたら嬉しいけどなあ」

陽桜李を救世主として崇めたり化け物と罵ったり、心の内を剝き出すのは容易だ。

もしそう思ったとしても、表に出さず異なる言葉に変えるのは難しい。だからこの当たり障りない返事は、大和の優しさを表していた。

「うう、それにお兄様って慣れないなあ。俺、女が……」

「女が？」

「不得意なんだよう！　武官学校なんて男だらけだし！」

大和は両手で顔を覆った。指の隙間から見える頬は赤くなっている。

女といっても自分はまだ幼児であるし、そこまで意識しなくてもいいのでは？　と思う。

大和は熊のような大きな体に反して、虫が怖いとか女が不得意とか。武官学校で上手くやれているんだろうか、といらない心配をする。持っている武器も大層なものなのに——と、ふと陽桜李は大和の腰にある武器に目をやる。

「ねえ、この……刀っていうの？　さっき、お父さんの形見だって……」

「ん？　ああ、これか！　父ちゃんっていうのは、美春の親父じゃなくて……俺の実の父親の、だ。幼い頃に父ちゃんとだけ呼んで名前も知らずに死んじまったが……父ちゃんは東の国の戦争に参加した〝侍〟だった！」

「サムライ？」

「刀が生まれた東の国に存在した侍だよ！　今は絶滅したと言われてる！　父ちゃん

は侍だった、つまり俺は侍の血を引いているんだ！　涙川殿と同じの……って！　うわあ！　噂をすれば！」

大和がびっくりした声を上げた。陽桜李もつられて顔を上げる。

いつの間にか、眼前に涙川が立っていた。涙川は顰め面で桶を抱えていた。桶の中で魚がぴちぴちと跳ねている。これは陽桜李が川で獲ったものだ。

「獲った魚を放っておくな！　河原が臭くてしょうがない。俺の寝床が最悪だ」

「涙川殿っ。だめなんだよ。魚は持って帰れないの。ご飯が魚ばかりになって飽きるんだもん」

「だったら川で獲るな。無益な殺生だ。それに魚は貴重な料理の材料だ。飽きたなんて贅沢を言うんじゃない」

涙川は呆れたように息をつきながら、桶を陽桜李に押しつけた。涙川に諭されて陽桜李は反省する。

陽桜李は虫を捕まえるのが好きなのと同じで、魚を獲るのをやめられない。しかし虫が食べられないように、魚の味が好きかと言われると、そうでもない。

でも、貧しい上河の国では食料ならば何でも貴重だ。隣の貴陽は物価が高い。

「わあ！　活きのいい魚ですね！　私、魚が好物なんですよ」

陽桜李の後ろで爽やかな声がした。振り返ると八秀が手拭いで両手を拭きながら、顔を出した。台所で手伝いをしていたのか、割烹着を着ている。

「これは……私が獲ってきた」

「陽桜李様が？　凄まじいなあ、こんな大量に。容易じゃないですよ」

陽桜李が照れながら呟くと、八秀はうんうんと笑顔で頷いてくれた。

「……じゃあ、琥珀お兄様に渡してくる！」

陽桜李は単純なもので、八秀に褒められたら不得意な魚も食べられる気がした。立ち上がって広間から台所に向かおうとする。

「涙川殿！　久しぶりだなあ！　たまには飯、一緒に食べようぜ！」

背後で大和が涙川と肩を組み、中に連れ込んでいる。陽桜李はふと、涙川の腰にある刀に目をやった。

——侍、刀、無益な殺生。

上河の国では聞き慣れない言葉ばかりだ。これも全て〝侍〟の言葉なのだろうか？

四

夜の縁側で、涼しい風が頬をくすぐった。庭園の池に映る月は水面を照らし、光の波紋が広がっていた。

虫の繊細な声と、風に揺れる木々の葉の囁くような音に反して、眼前の広間は宴で盛り上がっていた。

大和と八秀と涙川は、広間で酒を呷りながら談笑している。いかにも男の集まりといった風で輪に入りにくい。料理係の琥珀もそこまでは飲んでいないが、頬を赤くして楽しそうだ。

ふ、と笑みを零していると、隣で気配がした。横目をやると、美春が座ってきた。

「お父様は交ざらなくていいの？」

「……酒が不得意だ」

「下戸なんだ」

「下戸。子供にしては難しい言葉を知っているな」

「だって本をたくさん読まされたもん。全部、読み切っちゃったから、今はお父様の書斎を勝手に漁っているよ」

「……そうだな。子供は知らぬ間に、どんどん成長していく」

美春は酒が入った小さな椀を口に運びながら、夜空を見上げた。美春の漆黒の瞳は月の光と混じって蒼く輝く。

そうだ、と陽桜李は美春の袖を引っ張った。

「ねえ、お父様！　侍って、なに？　大和お兄様が言っていた。自分には侍の血が流れているって。それと、涙川殿も侍だって」

身を乗り出して聞くものだから、美春は少し困惑したように眉尻を下げながら、落ち着けと陽桜李を定位置に戻した。

美春はそっと息を吐きながら、口を開いた。

「侍はかつて東国に存在したと言われる。海を渡って他国に辿り着いた者もいるが、今はほとんど絶滅した。大和の父は、主君に仕えていた侍だったが——上河に幼い大和を連れてきた時には、息絶えていた」

陽桜李はハッと目を見張った。

大和も琥珀と同じ孤児で、美春が引き取ったと聞いている。琥珀は母親に捨てられ、大和は父親が戦死した。二人の壮絶な過去に、陽桜李は沈黙するしかない。

「涙川も戦に参戦していた侍だったそうだ。だが、浪人となって貴陽に来たと」

「ローニンって？」

「主君に仕えていない武士のことだな」

「ローニン、ブシ……難しい。私、もっと勉強しないと」

陽桜李は眉間に指を当てながら、目をぎゅっと瞑る。そんな陽桜李に微笑んで、美春は頭を撫でた。

「書物を渡したから、お前も貴陽の歴史は知っているだろうが……陰陽師も東の国の戦争で消滅しかけた存在だった」

知っている。陰陽師の名門勘解由小路家が僻地だった貴陽を栄えさせた。のちに当主は天帝となり、貴陽は今、事実上、勘解由小路家が牛耳っている。

「そういえば、お父様の苗字って勘解由小路だよね？　やっぱり貴陽の勘解由小路家と関係あるの？」

「……まあ、ある。ただの遠縁だ。血は遠いから、当主なんぞとは縁がない」

美春が陽桜李の頭から手を離した刹那。ふっと目を逸らし下唇を噛んだのを、陽桜李は見逃さなかった。

そうだ、と陽桜李は昼間から考えていたことを思い出した。

「お父様、私も刀が欲しい」

「……なんだって？」

「私も〝侍〟になりたい！　咒桜の呪いを解くのも私の役目だと分かってるけれど……同時に侍にもなりたい！　咒桜なんかさ、私が刀で斬っちゃえばいいんだよ！」

陽桜李は立ち上がって意気込んだ。だが、美春の顔は益々曇っていく。

「お父様、私も刀を手に入れて、涙川殿の弟子に――」

「陽桜李、もう寝なさい」

美春の厳しい声が屋敷に響いた。怒鳴ったような声だったからか、広間にいる大和たちが気づいてこちらを見た。

思った以上の拒絶に、陽桜李はズキン、と心が痛む。俯いて動かなくなった陽桜李と、以降は沈黙を貫く美春。すぐに琥珀が縁側から下りて、陽桜李のそばに寄った。

「父上、何ですか、大きな声を出して。陽桜李、どうしたんだい？」

「……何でもない。夜遅いのに起きていたから怒られただけ」

肩に触れ、優しく声を掛ける琥珀を、陽桜李は振り払った。廊下に出て自室へ向かう。後ろを見ることなく、襖を強めに閉めた。

――桜姫だから、自分がしたいことも叶わないの？

襖に寄りかかるように三角座りして、陽桜李は顔を暗く伏せた。

五

瞼の裏で淡い光が明滅して目が覚めた。眼前にある行灯の明かりが消えそうだった。

頬が擦れて鼻につんと黴の臭いがした。上半身だけ起き上がると、書物が下敷きになっていた。涎が垂れていた口端を袖で拭く。しまった、と書物を見れば、黄ばんだ紙にしっかりと小さな染みがついている。見なかったふりをして、文机に積み重なっている書物の上に置いた。

全て美春の書斎から拝借したものだ。確か、侍について懸命に調べていた。

貴陽から出ている書物には、どれも侍の記述が少ない。名も分からぬ東国のことも、侍のことも、武士や浪人についても何も記されていなかった。

ただ一つだけ、記されていたことがあった。東国の戦は〝モウコ〟という存在が襲来して起きたらしい。ただ、それだけだ。モウコ——咒桜のような呪いか、もしくは怪物のような名だ。

戦死した父がいる大和や、故郷を失った涙川に聞くのも酷だ。知りたいなら自分で調べるしかない。でも、ふと思った。侍が滅んだから何なのだろう？　現に生き残りは僅かにいるわけで、侍になりたければその人らを見習えばいい。刀は貴陽で売っているらしいから、金を貯めて買おう。

叶わない夢を思い描いては、陽桜李は苦笑する。まだ、朝日も眠っているだろう。深夜真っ只中で、もう一度、寝ようと横になった。

寝たのか寝ていないのか意識がぼんやりした時。

ガタッと大きな物音がして覚醒した。起きると行灯は消えていた。真っ暗な部屋の中、陽桜李は部屋を見渡す。

「……なに？　誰か、いるの？」

陽桜李の声はか細く響く。怖がりなほうではないが、流石に夜、誰かが部屋に入ってきたら吃驚する。

突如、口が塞がれた。同時に体を強い力で押さえつけられる。

陽桜李は目を開きながら声を上げた。だが、誰かの大きな手で覆われて声がくぐもる。めげずに悲鳴のような声を出し続けると。

「静かにしろ。お前のような小さな首、いつでも折れるぞ」

耳元で言葉に反して澄んだ声がした。覚えのある声色に、まさか、と陽桜李は横目で見る。

八秀が覆い被さっていた。驚愕のあまり陽桜李は声が出なくなる。何が起こったのか、と頭で整理しようとしている間に、両腕が縄で縛られた。

――待って！　八秀さん、どうして⁉

声を掛ける前に、口に手拭いを押し込まれた。涙目でうぅと呻ることしかできず、陽桜李は担がれた。

八秀は手際よく襖を開けて、月明かりしかない廊下を忍び足で歩いた。陽桜李は両足をばたつかせながら、届かない声を絞り出す。廊下の曲がり角の厠の前を通ると、厠の戸が開いた。中から出てきたのは大和だった。

「んあ？　誰かいるのか？」

大和は寝起きの髪を掻きながら、半目で辺りを見渡した。眼前にいた八秀に、事情が呑み込めないながらも、武官学校で身につけた勘で何かを感じ取った。

「……八秀？　何をやっているんだ？」

「――よりにもよって、貴様とかち合ったか。俺はつくづく恵まれているな」

「八秀。いや、お前……誰だ？　は、はは。悪い冗談、だよな？」

大和は額に汗を滲ませながら薄笑いした。八秀が腰に佩いた太刀を手に取り、陽桜李は息をはっと潜めた。大和に向かって逃げてと首を横に振る。

「死にたくなきゃ、どけ。〝友人ごっこ〟していた誼で見逃してやる。貴様が武官学校に入ってきてからわざと近づいて、二年もかけて美春様に気に入られるようにした甲斐があった」

「……八秀!?　てめえ、いいから陽桜李を放せ！」

大和が真っ直ぐ突撃する。八秀はその腹を思いっきり蹴り飛ばした。

長身がゆえの力の差で、大和は突風のように吹き飛ばされる。八秀はまるで動じておらず、当然と言いたげに冷たい目で見下ろす。

「貴様の相手をしている暇はない。じゃあな、〝侍〟とやら」

八秀は侍の部分を強調して嘲笑し、颯爽と縁側を下りる。蹲って苦しそうな大和の姿を最後に見て、屋敷から去った。

屋敷から少し離れると、夜闇にいくつかの人影が映った。八秀に似た胡服を着た男たちで、上から陽桜李をまじまじと見ている。

「例の咒桜の娘を連れてきた。船の準備は、できているか？」

八秀が男たちに問うと、全員が同時に頷いた。

「勘解由小路家は、有翠様の神術を途絶えさせる敵だ。分かっているな！」

「有翠教団――全ては有翠様のために」

「有翠教団――全ては有翠様のために」

八秀が声を張り上げると、男たちは頭を下げて同じ言葉を唱えた。

六

玉兎国は、天帝の一族が途絶えてから辺境の地とされていた。

ある時、有翠という女の方術士が現れた。有翠は勘解由小路家に匹敵する天才と呼ばれた方術士だった。かつては勘解由小路家前当主を困苦させ、貴陽の伝説の女武者〝桜桃姫　恋墨〟と激戦した。

何と言っても有翠は〝咒桜〟を作り出した張本人だ。

咒桜は花魄（かはく）と呼ばれる樹木の種と、桜の種を使い、配合させた木。花魄とは三人以上が首吊（くびつ）り自殺をした木に宿る霊である。

そういった奇妙な桜を作り出しただけなら、誰も相手にしなかった。

ただ有翠は、自身の体を使って花魄と冥婚（めいこん）をした。すると、桜から子が生まれだした。誰もが冥婚できるわけではなく、有翠のような強力な異能者でないと、自身があの世から戻ってこられなくなる。

貴陽は咒桜を〝あの世と繋（つな）がる桜〟と危険視した。だが、有翠を問い質（ただ）しても、桜の子が誰なのかは分からなかった。

そもそも呪いが生まれたのは、咒桜にとある人間の女が取り込まれたからだ。怨念の強さにより、女は花魄を乗っ取った。女が花魄に成り代わったのだ。

一方、有翠は玉兎に自身の教団を作り、後に玉兎は貴陽と肩を並べる繁栄国となった。ただし有翠教団の活動実体は、よく分からずじまいと聞く——。

陽桜李は、勉学の時間に美春から教えられた三大国の歴史を思い出していた。

有翠教団員が持ってきた古びた輦車（れんしゃ）の中で陽桜李は横になっていた。少しでも動こうとすると、縛られた両腕が痛んだ。

陽桜李は眼前の八秀をじっと見詰めた。八秀は足を崩し胡坐(あぐら)をかきながら、僅かに光差す窓に目を向けていた。陽桜李の視線に気づくと、八秀は笑みを浮かべた。

「何故、私がこんなことするのか分からない、といった顔をしているね？」

八秀はわざと演技めいた喋り方をした。最初に陽桜李が見蕩れた穏やかな面持ちのままだが、目は全く笑っていない。

「……私の家系は、玉兎で代々続く古い一族だった。だが、天帝が死に、国が滅びかけた時、有翠様が救ってくださった。祖父母は有翠様を崇め、莫大(ばくだい)な金銭を寄付した。けれど教団は実力主義。上には上がいて、資金を供給するだけでは相手にされぬ！」

八秀は親指の爪を囓(かじ)って舌打ちをした。一気に歪んだ表情になるが、はっとするとまた嘘(うそ)くさい笑顔を陽桜李に向けた。いったい何が八秀をこうさせているのか、不思議に思いながらも陽桜李は口出ししなかった。

「武官学校に入って大和を見つけた。あいつは美春の義児だと当初から有名だった。俺は思いついた。大和に近づいて美春に気に入られ、家族をめちゃくちゃにする計画を。大和はいかにも馬鹿で、すぐに騙(だま)された。二年もかけて家に入り込んだ頃――美春が咒桜に子を生ませた！」

八秀が怒鳴った。勢い任せに拳で叩くと、輦車が大きく揺れる。人質として囚(とら)われている以上、沈黙するしかない。しかし、様子を窺(うかが)うその目が気に入らなかったのか、八秀は陽桜李の両頬を摑んで顔を近づけた。

「お前を有翠様に献上すれば、私の地位も上がる……ははは！」

しばらくすると輦車が止まった。戸が開いて浜辺の景色が広がる。八秀が下りると同時に、芋虫のように丸まっていた陽桜李が引き摺り下ろされた。

頬に湿った砂がついて、潮風が顔に貼り付くように生温かかった。夜の海は、空から墨汁を零したかのようにどす黒い。

岸辺には一艘の小舟が浮いていた。それを見て八秀は舌打ちをした。

「おい。こんな船しか用意できなかったのか？」

「申し訳ありませぬ」

「ふん……舐められたものだ。だが、こんな生活も、もう終わりだ」

八秀は下唇を嚙みながら笑う。陽桜李を担いで船に乗ろうとした刹那。

「待ちやがれ！　陽桜李を、返せ――っ！」

浜に引き裂くような叫び声が響いた。すぐに大和の声と分かり、陽桜李は両目を開くと共に腕に力を入れた。浜に着くまでの長い時間で縄が緩んで、うまく外れた。陽桜李が声のほうへ動いた時、八秀の太刀が細い喉元に差し込まれる。刃の光に唾を飲み、陽桜李は止まった。

「大和お兄様！　来ないで！」

「なんだって？　じゃあ、そのまま連れていかれるのかよっ！　屋敷から出ていくのか！」

「いい、いいもん！　こいつら、ぶっ飛ばす！　私、侍になるから！　大和お兄様や、涙川殿みたいな侍になるから、平気だもん！」

「子供みてえなこと言っているんじゃねえ！　子供なら、大人に守られてればいいんだ！」

危機に混乱しているのか、まるで会話になっていない。大和はずっと辛そうに脇腹を押さえている。きっと先刻、八秀に蹴られた時に負傷したのだ。

大和は雄叫(おたけ)びを上げて抜刀した。声につられて教団員が一斉に大和へ向かう。だが学生の身では、大勢の大人相手に太刀打ちできない。大和は人を殺したことがないのだ。太刀筋に迷いがあり、腰が引けている。教団員が蝶の如く躱(かわ)して大笑した。

「大和！　侍の刀は飾りか？」

八秀も煽(あお)りながら高笑いしている。武器を使う価値もないと、教団員が大和の頬を殴った。浜に突き飛ばされて砂が空へ跳ね上がる。誰かが大和の刀を蹴ると、またどっと盛り上がった。

――お願い、お願い！

陽桜李は掌を広げて強く念じた。何に願っているのか、自分でもよく分からない。

ただ、以前に発生した燃えるような桜の花弁の力が出ないだろうかと願った。あれがあれば、大和を助けられるのに！

どう懇願しても何も起こらない。陽桜李はっとする。

――もしかして、此処（うみべ）だと咒桜の瘴気が遠い……？

今さら気づいて、陽桜李は無力さに打ちひしがれる。

どうしたら、どうしたら。助けて、家族を助けて。

「――そこまでだ。有翠教団」

低く品のある声に、ぴんと糸が張ったような静寂が訪れた。

その時、浜で初めて漣（さざなみ）の音（ね）が心地好く奏でられた。岩に激しく打ち寄せる波と同時に、夜の海に棲（す）む魔物のような漆黒の男が現れる。

優雅に腕を組みながらゆるりと歩いてくる姿に、全員が美春だと知り彊直（きょうちょく）した。

「馬鹿たれ」

と呟きながら、倒れている大和の頭を軽く叩いた。

「うぅ親父、ごめん俺、侍のくせに弱くて……陽桜李を守れなくて。侍の子だから引き取ってくれたのに……」

「実に馬鹿息子だ。いつ誰がそんな話をした？　大人しくしていろ、と伝える前に出ていくから馬鹿だと言っているんだ」

美春は屈んで大和の半身を起こし、息を吐く。少し斜めに顔を上げ、氷柱のような目を向けるだけで、場が一瞬にして凍りついた。教団員が怖じ気づいて後退りする中、八秀だけは美春の覇気に負けん気を飛ばした。

「いくら貴様に地位があろうが、武術と無縁の陰陽師に何ができる？　お前ら、掛かれ！　構わず殺せ！」

八秀の声に、教団員が一斉に美春に襲いかかった。陽桜李はひっと悲鳴を上げる。

突如、春の嵐のような暴風が吹いた。

陽桜李の頬は、鋭い棘が刺さったように痛み、起き上がれなくて浜に倒れ込んだ。半目になった陽桜李の眼界が、翡翠色の川のように染まる。水色の斬撃が真一文字に走ると、束の間に教団員が全員倒れた。

現れたのは、抜刀した涙川だった。

異次元の光景に、八秀が震えて太刀を落とした。その隙に陽桜李は飛び出し、大和のほうへ走った。慌てて追う八秀の前に、涙川が立ち塞がる。

「――ふっ、次の相手はお前か？」

今のを見てもやるのか、と涙川は少年のような笑みを浮かべた。涙川が構えの体勢を取るが、八秀は信じられないというふうに首を横に振る。

「どういうことだ……？　侍の死に損ないが、何故、こんな強さを！」

傍観する美春が飄々と、若人を戒めるように告げた。

「教えてやろうか八秀、〝侍の死に損ない〟の正体を。——涙川惣司郎。勘解由小路家当主〝天帝〟第一側近だ」

「元、な」

涙川が茶化すように補足するが、全く笑えない。負傷した大和を抱くように支えて、大人二人をただ眺めるしかない。

八秀は片手で顔を覆いながら、幽霊でも見たような目になった。

「馬鹿な！　第一側近!?　美春、貴様……勘解由小路の嫡男の地位を剝奪、勘当されたのではなかったのか!?」

八秀の絶叫で、陽桜李はまたしても信じられない言葉を耳にした。

「嫡男……？」

「親父は、貴陽の勘解由小路家当主〝天帝〟の息子だよ」

「うそ……だってお父様、当主とは遠縁だって」

「……親父、なんでそんなすぐにばれる嘘ついてるんだよ。ていうか、やっぱり涙川殿、格好いいな！　東国の戦では〝蒼夜叉〟と呼ばれた伝説の侍だったって！」

「蒼夜叉、涙川一族の末裔……」

陽桜李は繰り返す。

「ぜんぶ、ぜんぶ実話だったんだ……」

「前天帝に見初められた剣捌き、俺も初めて見て、震えが止まらねえ！」

大和の目は少年のように輝いている。窮地を無視した高揚感に、陽桜李も頬が熱を帯びる。

初めて涙川と会ったのは、女の涙のような切ない瀬に耳を澄ませ、川でぼうっとしていた時だ。岩陰で寝る涙川を見つけて、おかしな男だが何かあると思った。陽桜李の、祈りにも似た侍への憧れが、今、叶った。

美春が懐から紙人形を出す。顔なしの式神を何体か出すと、膝から崩れてぐったりしている八秀を囲んだ。

「残念だが、君は守護団に引き渡す。学校には、もう戻れないだろう」

八秀は表情が見えないほど俯いて、諦めたように頷いた。

同時に大和が「あっ」と呟き、片手を伸ばした。無意識に動いた自分にびっくりしたのか、大和の手は虚空を摑み、下に落ちる。

大和の拳が震えているのを見て、陽桜李は口を開いた。

「いいの？　八秀さん、連れていかれちゃう」

「よくねえよ……！　どうして八秀がこんなことを……友達になってくれて、秀才なのに嫌みっぽくなくて、誰にでも優しかったのに、なんで、なんで……」

「……あの人、親族が有翠教に資産を寄付していたって。追い詰められて、人格も二つあるみたいだった。もう、引き返せなかったんじゃないかな。大和お兄様が一番辛いだろうけれど、でも、こんな別れじゃ……」

ざっ、ざっ、と砂を踏む足音が聞こえた。守護団が到着したのだ。捕縛された八秀と迷う大和とを交互に見て、陽桜李は言いようのない焦りを覚えた。

「――お兄様！」

思わず声を張り上げた。同時に大和の涙声が響き渡った。

「親父ィーっ！　八秀は、まだ改心できる！　そう、守護団に伝えてくれ！」

夜の海の闇を祓うような、真っ直ぐな声音だった。

丸くなった背中を向けていた八秀が立ち止まり、陽桜李たちを振り返った。

「どうして……お前を利用したのに……」

「俺はこれからもずっと、八秀を友人だと思っているぞ。忘れるなよ！」

八秀はぐっと堪えたような顔をし、深く頭を下げた。その頭はしばらく上がることなく、引き摺られるように守護団に連行されていった。

美春と涙川は残った守護団に経緯を話していた。横でぐすぐすっと洟を啜る音がうるさかった。大和は子供のように大泣きしていた。

「……泣かないで」

「俺がさ、親父や涙川殿みたいな、立派な男ならこんなことには……。結局、利用されるだけの価値しかねえんだよ。でも、俺には家族がいる。陽桜李がいる。武術も勉学ももっとちゃんとして、守護団に入って……立派な侍になる……っ」

やっぱり、と陽桜李は思う。大きな体だから誤解されやすいのだろうが、大和は強くはない。虫も女も苦手で、子供みたいだけれど、それでも挫けない。

陽桜李は大和のくしゃくしゃの髪に触れた。笑みを浮かべて頭を撫で続ける。大和が驚いて見開いた両目はまた、みるみるうちに涙で溢れた。

「うわあーっ！　陽桜李ぃ！　無事でよかったよおぉ！」

「うっ、大和お兄様……体が潰れる」

大和は獣の咆哮の如く、わんわんと泣いて陽桜李に抱きつく。その姿は大型犬を彷彿させ、尻に尻尾が生えている幻覚が見えた。

第三章　呪いが解ける時

一

「えいっ！　はっ！　やーっ！」

川の潺がどこか眠たげに、さらさらと鳴る中。少女の掛け声が大きく響いた。河原の石に足を滑らせながら、一歩、二歩進んでは下がり、刀を振っている。

焼けるような強い陽光の中、水面からの涼しい風で何とか意識を保ちながら、少女の額から汗が飛び散る。

陽桜李が咒桜から生まれて、一年が経った。

――陽桜李様は一年も何をしていたの？　どうして早く上河を救わないの？

ふと耳に入った声を思い出した。陽桜李は心の中で懸命に首を横に振る。集中が切れている証で、柄に思い切り力を入れた。

――忘れろ、忘れろ、人の声など気にしない！

刀を持つ際は、力の調整が大切とあれほど言われていたのに。柄が手汗で滑り、刀が地面に落ちた。同時に、陽桜李も膝から崩れ落ちる。

過呼吸で息切れがし、急いで陽桜李は川に向かった。水面に顔をつけて頭を冷やす。

片手で水を掬って貪るように飲んだ。

平静になって、陽桜李は顔を上げる。翡翠の宝玉のようにきらきらと輝く川の景色は変わらず、泣きそうなほど美しい。

陽桜李は河原の岩陰を見る。最近、涙川がいないことが多い。陽桜李が弟子にしてほしいと申し出てから、最初はみっちりと稽古をつけてくれたが。

――私は侍になって、もっと強くなって、上河を救わなきゃいけない。


一ヶ月前。


「陽桜李、おめでとう！」

夕飯時、陽桜李は美春が呼んだという勘解由小路家の女中たちに、普段は着ないような上等な着物を着せられた。桜の花弁が鏤められた桃色の着物に、金色の帯をきつく締められる。化粧を施され香粉が目にしみた。唇には紅を塗られ、結った髪に紫の蝶の簪を挿された。

この恰好ではとてもじゃないけれど、虫捕りや魚釣りはできないな、と苦笑した。

もっとも、最近では陽桜李も野性的な行動を好まなくなった。飽きたのかもしれないが、何だか恥ずかしい気持ちが湧いてきたのだった。

ぼさぼさだった髪の毛を弄ってみたり、琥珀に頼んで切り揃えてみたりもした。綺麗な女の人の絵を集めて、眺めるだけで一日が終わることもあった。

美しい着物を着て広間に行くと、大和が帰ってきていた。琥珀が食事を用意し、美春は端座で待っている。いつもの夕飯時とは違ってどこか畏まっており、皆で礼儀正しく祝杯をあげた。大和に「おめでとう」と言われて、陽桜李が首を傾げていると、琥珀が耳打ちした。

「今日で、陽桜李が家に来て一年なんだ。お祝いをしようって父上が提案した。上河では子供が長生きすることが少なかったから、成長は慶事なんだよ」

琥珀は陽桜李の頭をぽんぽんと撫でる。自分のための席と分かって、照れた笑みが零れる。上目遣いで美春を見るが、発案者だというのに、いつもと変わらぬ仏頂面で静かに酒を飲んでいる。

「って、よく考えると一年で大きくなりすぎでは⁉」

大和が目をこすると、琥珀が頷いた。

「言われてみれば、確かにねえ。背がとても高くなってびっくりだよ」

「東国には、赤子から一気に大人になるお姫様がいたらしいぜ。それと同じかもな。かぐや姫っていってさ……」

「大和お兄様って、意外と博識よね」

「おい！　人を筋肉馬鹿みたいに言うなよ！　こう見えて俺、武官学校に入る前は親父の書斎に入り浸ってたんだぜ」

三人兄妹（きょうだい）の笑い声が広間に響く。いくら自分が着飾って違う人になったような気がしても、家族の関係は変わらない。

ゴホン、と咳払いが聞こえて、全員が一斉に黙った。美春の声だった。

「――琥珀。例のものを」

「……あっ、申し訳ありません。今すぐに」

琥珀がさっと頭を上げると、着物の裾を正して廊下に向かった。さっきまで談笑していたのに、気配が一瞬にして変わった。

やっぱり、今日はいつもと違うんだ。陽桜李は口を結んで待った。

しばらくして、包み袋に入っている細長い棒が届いた。美春が受け取り、陽桜李に前へ来るよう手招きした。そわそわしながら、陽桜李は美春の前に行く。

「開けてみなさい」

「……えっ！　これって！」

美春から差し出された袋を開けて、陽桜李は片手で口を覆った。口角が上がるのを抑えきれず、広間を飛び出して庭を走り回りたいような気持ちになった。

渡されたのは刀だった。漆黒の平巻の柄に、桃色に近い赤みがかった鞘（さや）。侍の刀だ。かつて欲しいと願って渋られた刀を、美春がくれた。

「うおっー！　やったな、陽桜李！」

「う、お父様、大和お兄様、琥珀お兄様、ありがとう……」

涙を流す陽桜李の背中を、大和が優しく叩いた。

「おおい、泣くなよぉ……。お前、八秀に捕まった時、侍になるって言っていたもんなあ。自分が死ぬかもしれない時にああ言ったってことは、よほどなりたかったんだよ。……うっ、何か俺も泣けてきたっ」

「兄としては少し懸念もあるけれど、陽桜李がやりたいことをやるのが一番だね」

琥珀に優しく微笑まれ、陽桜李は感極まって貰った刀をぎゅうっと抱き締めた。自分の赤子のように愛おしく、ゆらゆらと体を揺らしてしまう。

「値段は相応のものだが、初心者向け、練習用の刀だ。だが、買ったからには翫弄にはするな。しっかりとものにしろ」

美春の言葉に、何度も頷く。

「明日、涙川殿にお弟子さんにしてもらう！　今すぐにでも大和お兄様とも稽古してみたいけど、学校が忙しい中で来てくれたから、また今度にします！」

「……涙川殿にもあまり迷惑かけないようにしなさい」

随分と気が早いとでも思ったのか、美春は少し困り顔をした。

その日は大和と琥珀と歌ったり踊ったりした。燥ぎすぎて疲れ、夜も更けて就寝の時間となったあと、襦袢に着替えて厠に行こうとしたが。

廊下の奥で声が聞こえ、曲がり角で立ち止まった。女中たちが厨房で片付けをしながら話をしていたのだ。

「陽桜李様は一年も何をしていたの？　どうして早く上河を救わないの？」

自分の名前が出てきて、どくんと鳴った胸を押さえる。聞いてはいけない気がするのに、好奇心が勝って耳を敧てしまう。

「ちょっとぉ。美春様に聞かれでもしたらどうするの？」

「平気でしょ。あの方だって、本家から勘当されているんだから」

「でも、当主の奥様が早くに亡くなられたから、跡継ぎがいないってしょっちゅう揉めているわ。そのうち天帝を継ぐと思っているんでしょ？　だからこうやって勘解由小路本家仕えの私たちを、安易に呼び出せるんだわ」

「嫌だわあ、地位を使って好き勝手ね。今度はあんな小さい女の子を引き取って、何にもしないで暖気なものよ。上河の民からよく不満が出ないこと」

最後のほうは、もうよく聞こえなかった。夕飯の時は笑顔であんなに丁寧に対応してくれていたのに、心のうちはこんなに悪意に満ちていたなんて。しばらく愕然と立ち竦んで、厠に行くのも忘れて自室に戻った。

――だから、私はもっと強くなって、早くこの国を救わなきゃ。

でも、私は何のために生まれたんだろう。国を救う、ただ、それだけ？

「――陽桜李？　陽桜李！」

はっと目を覚ますと、後光の差した美春が眼前にいた。剣の稽古で疲れて河原で横になっていたところを起こされた。倒れているのかと勘違いした美春と涙川が焦った顔をして覗いていたが、気にしないでと首を横に振った。

「川は日光が強い。稽古に熱中しすぎではないのか？」

「……だから平気だってば、お父様」

「いいや。最近のお前は思い詰めたような顔をしている。――何かあったか？」

「何でもないってば！　そういえば涙川殿だって、最近はあんまり河原にいないわ。ここのところ、何かしているの？」

疲れからか苛々(いらいら)した口調になる。怪しまれないように深く息を吸って、話題を逸らした。涙川も正鵠(せいこく)を射られたのかぎくりと顔が強張(こわば)る。陽桜李は、わざとじっくり涙川の顔を見詰めた。すると、涙川は観念したように肩を竦め、稽古の前にやる腹式呼吸のようにふーっと息を吐いた。

「今晩、重大な話がある。大和も呼んでいて、陽桜李にも告げるつもりだ。……とりあえず着替えて、日が沈む前に準備してくれ」

涙川はそれだけ伝えると、水色の着物を翻して河原から去っていった。複雑そうな表情で見送る美春に、いつもと違う気配を感じた。

「屋敷に帰ろうか」

美春が微笑みながら陽桜李に手を差し伸べた。小さい頃は、よく手を繋いで共に帰った。でも、陽桜李は俯いたまま、首を横に振った。

「……先に行っているぞ」

美春は少し眉を下げたが、何とも思っていない風な声色で伝えた。

美春の後ろ姿が遠くなっていく中、陽桜李は懐に手を入れた。小さな袋を出すと、開けて手を突っ込む。すると、掌に幾枚もの黒い花弁が落ちた。

陽桜李はそれを、そっと口の中に入れた。

二

陽桜李たちは夜、屋敷の庭園に集まった。

美春と涙川が主(しゅ)となって、全員がやってくるのを待っている。陽桜李は縁側に座っている琥珀の隣に、畏まって座った。

月明かりの下、行灯に虫が寄ってくる。腕がちくりとしたので見ると、蚊が陽桜李の血を吸っていた。ぱちん、と手で叩くと蚊は潰れた。以前はよく逃がしてしまっていたが、最近は必ず捕らえられるようになった。まるで刀で斬る敵を定めるように。

「で？　話って何だよ、親父ぃ」

最後にやってきた大和が欠伸をしながら、やる気なさそうに問うた。

陽桜李は、自分に関する話だと思った。けれど内容が分からない。

「七日後、私と涙川殿は〝耽羅島〟に向かう」

美春は静かに告げた。陽桜李が顔を上げると全員がこちらを見ていた。

あ、やっぱり。自分に何か関わりがある話なのだ、と思ったが、耽羅という聞き慣れない言葉に首を傾げる。

「──耽羅って何処？」

「東国と上河の境にある、俺の母の故郷だ」

涙川が夜空を見上げながら答えた。陽桜李は涙川の視線を追って、空を見る。耽羅は天にでもあるのか？　答えになっていない答えに、さらに混乱する。

「涙川殿って侍だから、東国の出身ではないの？」

「父が侍、母は涙川一族の末裔で、耽羅の出身だった、としか俺自身も分かっていない。俺が成人した頃には両親は死去していたし、ほとんど天涯孤独で育った。勘解由小路家の先代当主——龍条(りゅうじょう)という男に紅涙刀(こうるいとう)を見てもらって発覚した出自だ」

「……紅涙刀って？　侍の刀？」

「両親から渡された涙川一族の〝宝刀〟だ。俺は紅涙刀としか聞いておらず、それを使って戦にも参加していた。先代当主は俺が宝刀の継承者と知って側近にしてくれたが、紅涙刀は今……耽羅に封印されている」

　視線を感じて前を向くと、涙川と目が合った。一息入れると涙川は話を続けた。

「桜桃姫と呼ばれた女武者〝恋墨(こずみ)〟と玉兎(ぎょくと)国の女帝〝有翠(ありすい)〟の戦。その際に、俺は有翠と死闘を繰り広げ——紅涙刀を奪われた。有翠は何故か、紅涙刀に固執していた。耽羅を領地にしたあと、刀に見張りをつけてまで封印させた」

「奪われた刀が、耽羅にあるから取りに行くってこと？　でもどうして？」

「有翠にとって紅涙刀があると困ると考えると、一つの理由が浮かび上がる。いいか？　これはあくまでも推測だが——紅涙刀は咒桜の呪いを解く代物かもしれぬ」

　そんな僅かな可能性だけで、と言いそうになったが口を噤(つぐ)んだ。この一年、何もできなかった。周りに疑問を抱かれて、やっと見つけ出した策なのだと分かったから。

「たった二人で耽羅島に行くの？」

「いいや。俺が前々から持ちかけていたこの話が、やっと承認されたのだ。貴陽(きよう)が守護団を派遣してくれる。船も大きなのを一隻、支給された。だから、大和。——俺が不在の間、この屋敷の主をお前に引き継ぐ」

陽桜李の問いに美春が答えた。

大和は自分の名が出てきて驚いたのか、両肩を上げた。同時に唇を噛みしめる。

「引き継ぐって……親父、意味を分かって言っているのか？」

「勿論（もちろん）。〝俺に何かあれば〟大和、お前が跡継ぎだ」

「それって……玉兎国と戦争をするってことだろう？」

戦争。その言葉が、夜の静かな庭園に響き渡ると、全員が黙り込む。

隣の琥珀が耐えられなかったのか、両手で顔を覆って俯いた。対して、大和は怒りで顔を赤くしながら美春に詰め寄った。

「親父は陽桜李が生まれてから、いいや生まれる前から、俺が学校に行っている間も、有翠と戦うよう貴陽にずっと進言していたわけだ！　上河の国を救うためだから仕方ないと？　それで親父は犠牲になろうとしているのか!?」

「大和、それは……」

「でも他に、どうやって上河を救うの？　綺麗事で国って救える？」

陽桜李の問いは氷のように冷たく、気勢をそいだ。

「お兄様はずっと平和な貴陽の学校にいて感覚がずれているんだわ。私、生まれてすぐ、初めて目の前で死人を見たの。黒く炭になった男の弟は、兄の後を追って自害しようとした。上河で満足に食事ができて、上等な着物を着られているのは、この屋敷の人たちだけ。私は上河の民全員がそうなってほしい。だったら咒桜の呪いを解くために戦をしなきゃいけない」

陽桜李は薄笑みを浮かべながら、縁側から下りて立ち上がる。美春から貰った刀を持ち、皆の前ですらりと抜刀した。

「だから、私も耽羅に行く」

陽桜李の突拍子もない宣言に、全員が焦ったのが分かった。美春が首を横に振る。

「馬鹿を言うんじゃない。戦でお前を失ったら元も子もないだろう」

「お父様。知っている？　私が最近、稽古を始めてからやっていること。前に誘拐された時に気づいたこと」

陽桜李は口角を引き上げたまま、何故か泣きそうになりながら話した。

懐から小さな袋を取り出す。中には黒い花弁が詰め込んであった。それを砂糖菓子でも食べるかのように、慣れた様子で口に入れる。

「これ、咒桜の花弁よ。みんなの毒になる花は、私には力となる。桜の瘴気が弱ければ私も弱くなり、強ければ私も強くなる。だから思いついたの。花弁を集めて常に持っておけば、私が弱体化することは永遠にないと」

全員が沈黙して陽桜李を見た。この時だけは皆、陽桜李を家族ではなく異質な——

まるで化け物であるかのような目で見ていた。

そんな目で見ないで、見ないでよ——私だって好きで、こう生まれたのではない。

そう叫びたいのを陽桜李は、ぐっと堪えた。

「失ってもまた〝作ればいい〟でしょ。私の代わりはいくらでもいるのだし」

庭園には夜の虫の音だけが響いていた。それはまるで、陽桜李の代わりに啼いているようだった。

三

朝日が海の波を照らし、潮風が吹き抜ける。

東の空は白く澄んでいて、心地好い漣の音はこの世の終わりまで鳴っていそうだ。

陽桜李は決意して唇を引き締めた。

少し歩いて埠頭に向かった。貴陽から来た一隻の船に、守護団がぞくぞくと荷物を運んでいく。琥珀は佇み、大和は岩場で座っている。二人の沈んだ目は船首に向けられていた。船に乗った美春と涙川が真剣な顔で話し合っている。

陽桜李が埠頭に近づくと、琥珀が「あっ」と声を掛けた。

「陽桜李、少しお話ししてもいい？」

琥珀は陽桜李の背丈に合わせて屈むと、いつもの優しい笑みを浮かべた。

陽桜李は頷いてそばに寄った。すると思いきり、ぎゅっと抱き締められた。

耳元で啜り泣く声が聞こえた。琥珀が泣いている。それしか分からなくて、陽桜李は琥珀を慰めるように背中を擦った。

「……前にね。陽桜李は、自分の代わりはいくらでもいるって言ったでしょ？　あれを訂正してほしいんだ。お願いだから、二度とあんなことを言わないでくれ。陽桜李は……この世界のどこにも代わりなんていないんだよ」

琥珀の嗚咽（おえつ）が浜辺に響いた。陽桜李の片目にも一筋の雫（しずく）が流れる。両目を閉じて、陽桜李は琥珀と強く抱き合った。

　ふ、と目を開けると頭上から視線を感じた。

美春が船上から見ていた。その目に、陽桜李はどきっとする。眉尻を下げた悲しげな眼差し（まなざし）を、もう二度と見られない気がして怖くなった。滅ぶなら、もろとも。

陽桜李は琥珀の下を離れ、船に走る。乗船前に振り返って、片手を大きく挙げた。

「琥珀お兄様、ありがとう！　私、行く！　〝私たち〟は、必ず帰ってくるから！」

陽桜李は刀を持ち上げて笑った。琥珀はまだ納得していないように首を横に振る。

けれど、ずっと黙っていた大和が立ち上がった。

「陽桜李ーっ！　ぶっ飛ばしてこい！　紅涙刀を取り戻して、桜の呪いなんかさっさと解いちゃおうぜ！」

涙が交じった声だ。やっぱり、大和お兄様は涙もろいのね。陽桜李は小鳥のように笑いながら手を振った。

他の守護団員たちの目を感じながら、乗船した。波で船が揺れ、おっと、と転びそうになると、守護団員の一人が背を支えてくれた。

「お気をつけて。ご家族とのお別れに、陽桜李様の並々ならぬ決意を感じました。この度、護衛につけることを光栄に思います」

「ありがとう。共に参り、必ず皆で帰還すると約束しましょう」

「……っ、はっ！」

陽桜李は握手するつもりで片手を差し出した。ところが、守護団の男は平伏した。慌てて男に頭を上げるように言う。ところが、近くにいた守護団員もぞくぞくと深く頭を下げた。それは媚び諂いでなく、純粋に陽桜李に敬意を表したものだった。

陽桜李は何故、守護団員がこんなことをするのか、少し分かった気がした。

――この人たちは、死にに来ているんだ。

彼らには、国の捨て駒なのだという覚悟がある。けれど、陽桜李が先ほどから口にするのは〝死なない。必ず帰ってくる〟といったことばかり。皆、真の願望は口にできない。だから、代わりに言ってくれる陽桜李がいて嬉しいのだ。

「すっかり、天帝の桜姫の器だな」

様子を見ていた涙川が、船に寄りかかりながら、ふっと笑った。揶揄(からか)う涙川に、陽桜李はこつんと肩に拳をぶつける。それと、と口を開いた。

「涙川殿、私と決闘して。どれくらい強くなったか、証明するから」

陽桜李の宣言に、船の準備をしていた守護団員たちもわっと盛り上がった。隣で海を眺めていた美春が、はっとしてこちらを見た。

「陽桜李、これから開帆なのに、涙川殿の膂力(りょりょく)を使うわけには……」

「構わん。来い、陽桜李」

涙川は挑戦的な目を送ると、珍しく楽しげに笑った。甲板の中央に移動すると、二人が刀を交えられるほどの空間を作らせた。

陽桜李は刀の柄に触れる。それからふと、先ほどからの違和感を確かめるために美春を見る。一時、目が合うが、すぐに陽桜李から外方(そっぽ)を向く。

ここ最近の美春は言葉数が少ない。元々寡黙ではあるが、優しい声をしばらく聞いていない。

――お父様、どうして私を見てくれないの？

陽桜李は柄を強く握ったまま、抜刀の構えをとった。

四

出航して三日目の夜。眠っていた陽桜李は、波の揺れで頭を壁に打ちつけた。

藁が敷いてある寝床から起き上がると、仕切られた屋形の中で、ほとんどの守護団員が鼾をかいて寝ている。船ならではの寝心地の悪さに、陽桜李は苦笑する。

乗船してから思い出した記憶があった。生まれたばかりの頃、美春の膝の上でよく寝ていた。お日様と日に焼けた床と、美春の少し汗ばんだ掌の匂いが混じって安眠できた。微風が頬に当たり、くしゃりと髪を撫でられると気持ちよかった。

だが、陽桜李が成長するとともに、それはなくなってしまった。もう一度してくれたら、波が激しくても眠れると思った。

ただ、今日は違った。外で話し声が聞こえた。陽桜李は立ち上がり屋形から出た。

「美春様、やはり有翠教団の見張りの船でしょうか？」

「視えた。二隻……否、三隻。そうと見て相違ない」

「なんと……耽羅まではまだしばらく掛かるのに、何故この付近に？」

「風聞が広まったな。天気が不安定だ。このあと嵐が来るかもしれぬ。矢文を書いて、今は互いに留まっているのが最適だと伝えよう。射手はいるか？」

甲板で美春と航海士の守護団員が話し合っていた。陽桜李は舳先の、夜の月にしては眩しい船の光を見た。いくつもの提灯が見えるが、美春の霊能で船が何隻か分析できたらしい。

こんなの就寝時にはなかった景色だ。でなければ、守護団員たちが眠りに就いたりしない。いつから潜伏していたのか。

美春は懐から紙を取り出し、真っ暗な中でも速筆で書いた。文を射手に渡すとすぐ射られ、夜の空を飛んでいく。星に向かった矢文は、有翠教の船の帆柱に刺さった。蛍のような船の光がいくつか揺れている。また就寝する前の静寂が戻り、美春たちは息を呑んだ。しかし、しばらくすると船は何事もなかったように近づいてきた。

「どんどん近づいてきます！　文を読んでいないのでしょうか？」

「守護団員を起こせ。船に乗り込んでくる。涙川殿、行けますか？」

「殺しても構わんのなら、な」

同じく話し声で起きたのだろう、涙川が欠伸をしながら陽桜李の後ろを通り過ぎていった。――殺し。陽桜李は涙川のゆるい口調の言葉に黙る。

陽桜李が一人、心の臓を激しく鳴らしている間に、守護団員を起こす法螺貝が鳴り響いた。「敵襲、敵襲！」の掛け声で、守護団員は武器を持って甲板に集まる。

敵船が間近に来ると、美春が先鋒となり、声を張り上げた。

「有翠教に告ぐ！　我ら勘解由小路家は、涙川一族の紅涙刀を取り戻しに来た！　紅涙刀は上河の国の宝刀である！　我らは戦を求めておらぬゆえ、金銭などの談判で教祖有翠に説得を申し出る！」

珍しいものを見るように、わざと光を顔面に当てられても揺るがない美春。陽桜李は守護団員たちに交じって、船内にいる教団員を見る。能面のような表情の者が多く、美春の話をしっかり聞いているのかも分からなかった。

相手の船長から何か返事があると思いきや、美春に弓矢が飛んだ。

陽桜李は悲鳴を上げたが、体が応じそびれた。

キン、と刃が擦れる音が船に響く。涙川が抜刀し、刀で矢を弾いていた。

教団員は合図のように咆哮を上げて突進した。船に乗り込んでくる気だ。

「まるで獣のように話を聞かんな！」

涙川が呆れたように戦闘準備にかかった。何人かの守護団員が美春を守りながら、屋形に連れていく。

「結界を張るまで三分だ。それまで辛抱せよ」

美春はあくまでも平静に告げて、屋形に避難した。

教団員が船を飛び越えてくる。涙川と守護団員が、敵と刃を交える音がする。

頬にべたりと水滴がついた。陽桜李が空を見上げると、巨大な雨粒が空から槍(やり)のように降ってきた。暴風で黒髪が視界を遮り、夜の闇に溶けていく。船の軋(きし)む音ではなく、曇天から轟々(ごうごう)と雷の嬰児(えいじ)が鳴いている。

陽桜李は懐から袋を取り出し、桜の花弁を口にした。舌がびりびりして全身が焼けるように熱くなる。抜刀した刃に潤んだ瞳が映る。その両目は激昂(げっこう)で充血していた。

陽桜李は目の前に現れた教団員に近づいた。思うがままに刀を一振りして相手の武器を落とした。

「なんで、こんなところに女が!?」

女。しかも、まだ大人ともいえない少女だ。教団員が驚くのも無理はない。

男の声に何人かが形勢に気づいた。中に涙川もいた。

陽桜李は目を見開く男の肩を、女と思えぬ腕力で掴んで固定させる。そのまま男の心臓がある左胸に刀を一突きした。

刀から男の最期の心音が伝わった。どくん、と体が大きく震えると、男の首が傾いた。心臓を刺した刀を抜くと、大量の血が陽桜李の顔や髪に飛び散った。

大の大人を躊躇(ためら)いなく殺す姿に、一瞬、戦場がどよめいた。

「お前、まさか桜の花弁を？　いかん！　無茶をするな！」

涙川の声が遠くに聞こえる。陽桜李は血を拭おうともせず、獲物を手にした獣のように息を荒らげていた。

――初めて、人を殺した。

少女の頃に夢見た、侍になるという願望は叶ったと同時に、儚く散った。

――侍とは、人殺し。斬られる者の前に現れる〝死神〟だ。

危険因子とみなしたのか、教団員が次々と陽桜李に近づいてくる。武器を振りかざすが、どれも遅く見える。すべて避けると陽桜李は、頭、胸、腹とそれぞれ一人ずつ切り裂いた。最後の一人は、片手の一振りで首を飛ばした。

「陽桜李！　俺はこんな戦い方は教えておらぬ！　侍の戦い方じゃない！」

涙川が近づいきて、抱き締めるように支えた。陽桜李は涙目でこくこくと首を振る。

「構いません……構いません！　私が決めたことです！　私の夢がどんなに残酷であっても、進むことでしか国は救えない！　涙川殿を援護します！」

陽桜李の決意を、涙川は黙って受け入れるしかない。

二人は甲板全体を見た。涙川は船の揺れを利用し、勢いをつけて走りながら、次々と男たちを斬っていた。足手まといにならぬよう、陽桜李も後に続いて援護する。

刹那。ばりばり！　と布を破ったかのような音が、耳を劈開する。同時に真っ白な光が眼界を染め、数多の叫び声が聞こえた。

次にどん！　と船が大きく揺れ、陽桜李たちは一斉に甲板に倒れた。何人かが転がって叫びながら海に落ちていく。一歩間違えば、こちらが海に落下していた。陽桜李と涙川は懸命に柱を摑んだ。

雨が降っているのに熱い。頬が熱い。陽桜李が横を見ると、もう一隻の船が一瞬にして轟音(ごうおん)と共に炎に包まれた。——雷だ。

唸(うな)っていた雷の子たちが、成長して起き出した。それにしても巨大で力強い。次々と天から落下しては、二隻、三隻と船を沈没させていく。

これは、まるで——神風だ。

五

眼界に映る曇天に、上河の空が思い出されて、恋しくなった。

口の中が辛(から)くて、舌がびりびりして目を覚ました。陽桜李はのっそりと起き上がると激しく咳き込んだ。唾を吐いても出しても、辛さは消えない。でも、この味に覚えがあった。海に入って、水が口に入った時の、潮の味だ。

陽桜李は袖で口を拭いながら頭上を見る。船は帆柱が崩壊していた。

遭難したのだ。嵐は過ぎ去り、吹き荒れていた暴風は止(や)んでいたが、無人の船はゆていた。

「……お父様は？　涙川殿は？　ごほっ、げほっ……」

陽桜李はまだ咳をしながら胸元を押さえる。咽せるような臭いが陽桜李の手についていた。

人の血だった。

血の跡を追って屋形内に入ると、何体もの死体が転がっていた。

全て有翠教団員と、守護団員だ。こうしなければ自分は助からなかった、なんて言い訳をするつもりはない。侍の抜刀に事情などない。

先に寝床にしていた辺りに、見覚えのある人物が倒れていた。美春だ。

陽桜李は悲鳴を上げそうになるのを堪えて、美春に駆け寄った。

「お父様、お父様！　ご無事ですか!?　お父様、お願い、どうか目を開けて……」

横たわる美春の肩を強く揺さぶった。顔立ちの美しさが際立っていたが、死人のように眠る姿に、陽桜李は首を左右に振る。

嵐でどこか怪我をした？　誰かに襲われた？

治療する方法が分からず、絶望のあまり泣き崩れるように美春の胸元に顔を伏せた。

美春が死んだら、この場で腹を刺して共に死ぬ。国を救えたって、美春を失えば陽桜李の世界がなくなったのと同じ。美春は二人といない。かけがえのない存在だ。

今になって琥珀の言葉の意味が分かり、陽桜李は片目から涙を零す。水滴が美春の襟に染み、胸を伝う。陽桜李の耳が大きく震えた。脈がある！

美春が「うぅ」と呻りながら寝返りを打った。

「お父様！　私が見えますか？　陽桜李です。痛いところは、苦しいところは!?」

「……水、水をくれ。積み荷の中に、あるはずだ」

陽桜李はしっかりと頷くと、屋形内にある積み荷に向かった。嵐で船から落下したものもあるようだが、水桶と食料が積んである。小筒を持ってくると、陽桜李は美春のわずかに開いた唇に注いだ。ごく、と音を鳴らして飲んでくれたことに安心する。

だが、美春が一度小さく咽せたので、急いで小筒を口から離す。

「お父様……水も食料も何日もつか分かりません。涙川殿の姿も見えません。酷ですが、回復し次第、お父様の術で貴陽に救難要請を送りましょう」

だが、美春が大きく首を振った。

「……何故です!?　……手？」

陽桜李は美春が差し伸べた片方の掌を見た。傷痍は見当たらないが、美春が伝えたい意図が分かり、はっとする。

「まさか、お父様。術が使えなくなって……？　どうして!?」

陽桜李が美春の手をぎゅっと握ろうとしたら、ぱしん、と手が弾かれた。美春が陽桜李から目を背けるような体勢で外方を向く。

「――俺を見ないでくれ」

はっきりとした拒絶に、嵐で大勢の人が死んだことよりも、心が凍った。開帆する前からあった違和感は気のせいではなかった。

陽桜李は小筒だけを、そっとその場に置いて、静かに屋形から出ていった。


船で死体の整理をしていたら、夜が更けた。

潮風と汗が混じってべたついていた。水浴びをしたかったが、もうしばらくは叶いそうにない。

陽桜李は白い花が咲いたような月を見上げた。月光にあやされて、そのまま眠りの底に入りそうだった。だが甲板で感じる波は、子守唄にはならないほどの大揺れだ。

少し疲れはしたが、飲食などしなくても支障はない。屋形にいる美春に水と食料を全て渡しているが、あちらのほうが苦しんでいる。

――自分は人間ではないのだと、この船旅でつくづく実感した。

書物の中に、不老不死を求めてたくさんの者が滅んだ話があった。妖怪や生物が実在するのも知った。ただ、人間での不老不死の例は見たことがない。

自分がその貴重な一人なのだろう。首でも吹っ飛べば死ぬだろうが、花弁の毒があれば、歴戦の男武者より身体能力は格段に上だ。

いつかこの世が終わって、美春や涙川など家族全員の寿命が尽きても、陽桜李は孤独に生きねばならないのだろう。屍の沈む海の上で、ただ座りながら顔を俯せる。

あと一仕事だけして寝よう。そう思って立ち上がる。

甲板の死体は全て海に捨てた。開帆時に言われていたことだ。死人が出た場合、投棄しなければ病が蔓延する。

一体、守護団員のものと思われる死体を引き摺るように運んだ。他の守護団員の遺体と同じように海の墓に入れようとした時、見覚えのある顔に「あっ」と陽桜李は呟いた。

開帆前に、陽桜李に平伏した守護団員だった。肩から腹にかけて斬られた大きな傷がある。戦って、殺されたのだ。

眼界の隅で、ちかりと何かが光った。守護団員の手に戒指が嵌まっていた。陽桜李は守護団員の指からそっと戒指を抜いた。これだけでも持ち帰れれば、多少の贖罪になるかと思った。

――綺麗事を言っていたのは、どちらだったのか。皆で必ず帰ろう、などと。

陽桜李は屋形に向かった。美春の術が使えるようになるのが先か、船が海に沈むのが先か。それまで美春を介抱して回復するのを待つしかない。

寝床で眠っている美春を覗いた。水は与えているから、あとは食事ができるようになれば……。

美春が静かに寝息を立てている前に、陽桜李はそっと座る。いけないと分かっていてもその胸元に抱きついた。

「……お父様が私を嫌っても憎んでも、どんな感情を抱いてもいいです。それでも、そばにいさせてください。この船で二人きりで海の果てに辿り着いても、お父様の命が尽きるまで……ずっと、おそばにいます」

懇願すると、ひくりと美春の喉仏が動いた。美春が起きたかもしれない。それでもよかった。陽桜李は美春の隣で眠りに就いた。

六

一日中、美春の隣で眠っていた。いつ美春が死んでも気づけるようにそばにいた。起きる度に呼吸を確かめる。美春の意識があるうちに水を口に含ませて、そのあと自分も眠る。美春があれから言葉を発することはなかった。

七日ほど経った朝。隣に美春がいなくて、はっとした。

陽桜李は甲板に出る。舳先のほうに美春の姿があった。

「お父様！　お体の具合は⁉」

「……おかげでよくなった。ありがとう、陽桜李。恩に着る」

美春は横目だけで陽桜李を見ながら、たどたどしく返答する。

ふっと陽桜李の胸に拒絶された思い出が蘇った。まだ美春との隔たりを感じて、陽桜李は必要以上に近づかなかった。

「力はまだ戻らん。救難要請も正しく送られているかどうか。式神も起きぬ」

「どうして術が使えなくなったのか分かりますか？　お父様の容態を見ましたが、傷などは見当たりませんでした。何故なのでしょう」

「……心当たりは、ある」

「それは？」

「それは……」

美春は式神の紙人形を懐にしまいながら、顔を伏せる。沈黙が答えとでも言わんばかりに、口を閉ざした。すると、

「おーい！　おぉーい！」

船の外から声が聞こえた。声は絶えず船に呼びかけていた。涙川の声だった。

「その声は……、涙川殿!?」

陽桜李は船から海を見た。小舟には船乗りと共に涙川が乗っていた。陽桜李が船の上から顔を出すと涙川が目を光らせた。

「陽桜李！　船が沈む前に、早くこっちの船に乗り移れ！」

「でも、どうやって？　私の他に、お父様がいるの！　海には落とせないわ！」

「積み荷に縄梯子（なわばしご）があるはずだ。それを船から下ろせ！　できるか？」

陽桜李は大きく頷いた。積み荷がある屋形に向かうと、縄梯子を引っ張り出す。運んで船から下ろした途端、潮風が強く吹いた。縄が不安定に揺れているのを見ると、海に落下する光景を想像して、背筋がひやりとした。それでも、と首を横に振り、美春を振り返る。

「お父様！　涙川殿の救援です！　梯子から下りましょう！」

陽桜李は美春に笑いかける。だが、美春の生気の抜けた顔に陽桜李は愕然とする。敗戦した自分は生き残れないと、船と共に海に沈もうとしているかのような美春に、陽桜李は思わず駆け寄った。

「お父様。これは、守護団員の方がつけていた戒指です。親族、もしかすると恋人から贈られたものだったかもしれません。上河に帰ってご家族にこの戒指を渡します。彼らの分まで生きるのが、せめてもの罪滅ぼしではないですか？」

陽桜李はそっと美春の手に触れて、掌にある戒指を見せた。陽光が当たった銀色の戒指が、美春の潤んだ瞳に返照する。

美春が納得したように目を閉じて頷いた。陽桜李は微笑して美春を縄梯子の前に連れていく。

「お父様、風がないうちに先に！　お気をつけて！」

美春が縄梯子に足を掛けて下りていくのを、上から見守った。下りる度に美春の体と共に梯子が揺れるが、風が少ないからか順調に進んだ。無事に美春が小舟に乗り移ったのを確かめて、安堵する。

続いて陽桜李も縄梯子に足を掛けた。丸木の棒を両手で掴むと、大きな浮遊感に一瞬、足が止まる。木登りとは違い、まるで空の上にいるような高さだ。落下すれば溺れるし、体を痛めるだろう。

それでも自分は死ぬことはないのに、どうしてこんなに怖いのだろう。それは、陽桜李に人としての心があるから——。

「陽桜李っ！　立ち止まってどうした？　落ち着け！　ゆっくりと下りるんだ！」

小舟から大声を掛ける涙川に、はっとする。自分より焦った様子の涙川に、陽桜李は振り返って微笑んだ。こんな時になんという顔を、と言いたげな涙川は、まだはらはらと落ち着かない気配だ。

一歩、一歩、梯子を下り、小舟に乗り移る時、叩きのめすような海風が吹いた。陽桜李の絹糸のような髪が眼界を遮り、片足が滑って海に落ちそうになった。

「——陽桜李ッ！」

あ、と声を上げる前に、陽桜李は強い力に引き寄せられた。梯子から落ちた陽桜李を美春が身を挺して抱き留めた。小舟が大きく揺れて、ざぶん！　と波が全員の体にかかった。

美春は体を離すと、陽桜李を見詰めて、ほっとしたように息を吐いた。陽桜李は濡れた額を拭う。体は冷たいはずなのに頬が熱かった。

——あんなに拒絶していた美春が、抱き締めてくれた。

こんな時に何を、と首を振る。平静を装って涙川の顔を見た。

目が合った途端、陽桜李は立ち上がって、涙川と抱き合った。涙川はすぐに離れると、陽桜李の細い両腕に触れた。

「陽桜李、よくぞ生き延びた！　他はどうした？」

「私と、お父様以外は……」

「……承知した。みなまでは言わんでいい」

「どうやって私たちを見つけたの？　涙川殿は無事だったの？」

「俺は海に投げ出されて、耽羅島に流れ着いた。倒れている俺を耽羅の民が助けてくれたのだ。回復してから海に詳しい船乗りと一緒に捜し回った甲斐があった」

「涙川殿、なんて強運……それじゃあ、この辺りは耽羅に近いのね！」

「その通りだ。このまま向かうぞ。教団員ではない民が匿(かくま)ってくれる。嵐で耽羅を占拠していた教団員が全滅したらしい。俺たちの力ではないが、耽羅の民が上河に感謝している。お前たちも歓迎してくれるはずだ」

陽桜李は船を振り返る。懐に入れた戒指を取り出し、あの守護団員を想う。

目尻に溜まった涙を袖で拭いて、あとはただ、前を向いた。

七

陽桜李、陽桜李――。

陽桜李は一晩で、何度も自分の名を呼ぶ美春の夢を見た。船の上で抱き留めてくれた、美春の大きな体の温もりが恋しい。

虚空に手を伸ばしていたら、臥床(がしょう)の上で蹲っているのが分かって目を覚ました。思い切り息を吐くが、目尻に涙が残っていた。

心臓がどくどくと鳴る。夢は幸せと、恐ろしさに満ちていた。現実に戻ると自分はいったい何を求めていたのか、と罪悪感に襲われる。

美春は義父（ちち）だ。何故、いつから自分はこんな感情を持つようになった？　小さい頃に抱いていた美春への〝好き〟とは何もかも違う。

しばらく体が重く、動けないでいると、窓から見える夜闇が青く光り始めた。

朝日が昇ってきた。陽桜李は起き上がって改めて部屋を見渡した。勘解由小路家の屋敷とは違う。やたらと赤い装飾が目立つ、神社に似た一室。

此処は耽羅島の民家。耽羅の民は、島で村落のようなものを作っていた。有翠教の支配を逃れた今、民は遭難した陽桜李たちを匿ってくれた。

一夜明け、陽桜李は部屋を出た。民家の外は、眩しくなるような緑の平原だった。葉の香りがする風が吹いて、陽桜李の長い髪が揺れる。陽桜李は蓬髪（ほうはつ）を梳（す）きながら、汚れきった体を洗いたいと考えた。

其処彼処（そこかしこ）に、石像のような石が置いてある。誰かが作ったとかではなく、自然にあるもののように見えた。陽桜李は民家の前にあった小さな岩石の上に座った。

陽桜李の前を、耽羅の子供たちが笑顔で走り去った。手には桶を持ち、親に頼まれて川に水を汲（く）みに行ったのだろう。

自分も、一年前はあんな姿であった。

子供の後ろ姿を見詰めながらぼうっとしていると、隣に誰かが座った。涙川が片手に握り飯を持ちながら、もしゃもしゃと食べていた。

「耽羅島で目が覚める前、とんでもなく昔の夢を見た。耽羅で生まれたと聞いている母上の夢だ。まだ祖国で病気になる前、元気な姿だった。民たちに救助され、此処が耽羅と聞いて、俺は〝血に助けられた〟と思った」

涙川は指で口の端についた米粒を拭いながら、自分で納得したように頷いた。

運命、と言いたいのだろう。陽桜李は分からないでもなかった。陽桜李と美春は船で遭難したのに、涙川だけ先に耽羅に辿り着いた。強運の他に、何かの力を感じざるを得ない。

「お父様の具合はどうですか？」

「陽桜李が言っていたとおり、傷や病気などはないようだ。しばらく休めば完全に回復するだろう。しかし……陰陽師の力が、まだ」

やはり、と陽桜李は俯く。島に着くと美春はすぐに民家を借りて療養に入った。民と陽桜李たちで美春を看病した。夜になって安らかな顔で休んでいる美春を確かめ、安堵してから陽桜李は眠りに就いた。

涙川にも話したのだろう。陰陽師の力が弱まっている事実を。

陽桜李は考えながらも、目の前で聞こえる子供たちの笑い声に、上河の民を思い出した。

「……涙川殿。お父様は民の人たちに任せて、私たちは先に紅涙刀を取りに行きましょう。それから、上河に帰る方法を探します。きっと、何か道はあるはずです」

陽桜李は立ち上がって、きっぱりと言い放った。自分の父親を見捨てるような冷たい言い方だが、大将を失った今、代わりに判断しなければならない。

風が陽桜李を鼓舞するように吹いた。髪が靡き、陽桜李はそのまま涙川を強く見詰める。涙川は圧倒されたように口をぽかんと開けるが、すぐに握り飯を食べ終えた。

先に進もうとした途端、陽桜李は誰かに袖を引っ張られた。

耽羅の民であろう少女が陽桜李を見上げていた。ぐいぐい、と何度か袖を摑んで、陽桜李に葉蘭に包まれた握り飯を渡した。

「…………！」

少女は笑顔で何かを言った。けれど、陽桜李には言葉が分からなかった。耽羅の人は上河とは違う言葉を喋る。貴陽、上河、玉兎の三つの国は元々東国の言語であるが、それより前からある耽羅には、独自に続いている文化があるからなのだろうか。

「ははは、飯ぐらい食ってから行け、だとよ。大人たちに渡すように頼まれた、そのあと紅涙刀の所へ案内する、と」

涙川が揶揄うように笑った。

「涙川殿、やはり貴方には耽羅の人の言葉が分かるの？」

「ん……ああ、そういえば。何故か、島に着いた時からある程度、民たちと対話ができた。どうやら、俺は母上から耽羅の言葉を教わっていたらしい。それも耽羅に来てから発覚するとは、な。つくづく、俺は自分の出自がまるで分かっておらぬ」

少女が陽桜李を珍しそうに、くりくりとした目で見詰める。その横で涙川は苦笑した。陽桜李はお礼代わりに、少女の頭を撫でる。

「！　………！」

「涙川殿、今度は何と言っているか分かる？」

「……陽桜李の黒髪が、とても綺麗だ。陽桜李自身も美しい、が」

「まあ。ふふ、ありがとう。貴女の名前は？」

「かか、と発音している」

「漢字にすると、華々かしら？　貴女も美しい名前ね」

三人で談笑しながら、貰った握り飯を手に取る。涙川が陽桜李に握り飯を分けなかったのは、陽桜李がもはや人ではなくなったと知っているからだ。遭難した後の美春と陽桜李の違いをいやでも感じたのだろう。水と食料なしでも何ともない陽桜李と、苦しんでいる美春。これが人と、人ならざる者の差だ。

この少女、華々には不老不死がなんたるかが分からない。陽桜李は握り飯の欠片（かけら）を一口、口に入れる。上河で兕桜の花弁を食いながら稽古をしていた頃には、忘れてしまった米の美味(おい)しさを思い出し、視界が滲んだ。

八

耽羅の村落から離れた小道を歩いていくと、浅瀬の川があった。陽桜李の足首ほどの深さがあり、この川を渡ると紅涙刀があると華々は言った。

華々とは川の前で別れて、陽桜李たちは着物の裾を結んで川を渡ることになった。

川底の細かな砂や小石が足指の間に挟まるのを感じながら、陽桜李は眼前に見える薄暗い雑木林に向かっていく。

渡りきって川から上がり、額の汗を流そうと顔を洗った。水面をじっと見詰めていると、後から着いた涙川が首を傾げた。

「陽桜李、どうした?」

「……華々は私を美しいと言ってくれたけれど、遭難してから髪はぼさぼさだし、顔も着物も汚れているわ。紅涙刀を取りに行ったら、此処で水浴びしなくちゃ、と思って。こんな姿ではお父様に会えな……」

陽桜李はつらつらと呟いたが、途中で言ってはいけないことまで発したのに気づいて、はっと両手で口を覆った。

「違う、違う、今のは、お願い、誰にも言わないで……」

隣にいる涙川の顔をまともに見られない。濡れた指先が震えて、雫が滴り落ちる。

波紋の広がる水面には、両目を見開いた陽桜李の怯えた姿がゆらゆらと映った。

「……怖がることはない、〝女心〟を。人なら誰しも芽生えるものだ」

「でも、私は人ではない」

「じゃあ、何だろうな。少女の心か。男の俺には一生、介入できないものだ」

涙川は揶揄うわけでもなく、穏やかに笑った。陽桜李は時が止まったような心地から逃れられ、やっと顔を上げられた。目が合った涙川は、さらに顔を綻ばせた。

「ふ、どうしたのだ、そんな泣きそうな顔をして」

「誰にも言えなかったの。夢の中でしか言えなかった」

「そうか。少しは楽になったか？　そしたら先に進むぞ」

涙川が差し伸べた手を、陽桜李は目尻を袖で拭いながら取った。木々の葉が微風に呼応して音を立てる。

民が有翠教団に管理させられていたらしい雑木林は、葦原にならずに道が作られている。それは教団への畏怖からであったか、それとも宝刀の価値を知ったからか。

道の先を見詰めていると、眼界の中で何かが光った。

陽桜李たちが向かうと、大きな岩が立ちはだかった。木の間に縄が掛かり、岩は真ん中だけ凹（へこ）んでいる。その部分に水が湧き出ており、中には刀が沈んでいた。

「俺も初めて見た。こりゃあ、舟石だな」

「変な石だけれど、船の形に似ているわ」

「蓬莱（ほうらい）に向かう舟を表現した石、と崇められ、昔はどこの庭にもあったのだがな。人為か自然か。どちらにしても耽羅にこんな立派なものがあるとは……。しかし、戦を起こしてまで紅涙刀を奪ったくせに、如何（いか）にも置いておきました、と言いたげな粗雑さだ」

涙川は片手で顔を覆って、悔しそうに口端を歪める。

陽桜李は少しよじ登って舟石の中を見た。岩底と一体化しそうな赤黒色の鞘、常組糸巻の柄の刀。これが宝刀〝紅涙刀〟か、と凝視する。

「――陽桜李、紅涙刀を取れ。そいつは、お前にやる」

紅涙刀から目が離せずにいたが、背後から聞こえた涙川の言葉にはっとする。

確かに、美春から貰った刀は嵐で失った。でもこれを取ることはできない、と首を横に振った。舟石から下りようとしたが、片手で制される。

「持ち主は既に陽桜李と決まっている。何故なら――呪桜の呪いは、呪桜の娘にしか解けない。お前が紅涙刀で呪桜を斬らねばならぬ」

「……刀で咒桜を斬る？　それで、呪いが解けるの？」

滅茶苦茶な、と思った。陽桜李が昔、美春に言った言葉を思い出す。

――咒桜なんかさ、私が刀で斬っちゃえばいいんだよ！

もし、この事実を美春が知っていたのだとしたら。

天真爛漫な陽桜李にどう対応するか、困っただろう。今さらながら変な汗が出て、苦笑する。

陽桜李は舟石の中へ、少し力を入れて手を伸ばす。生唾を飲み込みながら、柄を摑んで持ち上げる。舟石から地面へ下りて、紅涙刀の鞘を抜いた。

刹那、陽桜李の眼界がぴかっと光った。陽桜李は片目から瞼を徐々に開けるが、ある風景が浮かんだ。

――ざあ、ざあ、と流れる空色の川に、女が立っている。長い髪を川に浸し、しくしくと泣いていた。

それは一瞬だけ映った光景で、すぐに消えた。

気がつくと、陽桜李の前で刀の刃が、川のような水色に輝いていた。これが、女の涙、紅涙か――。

九

陽桜李たちが村落に戻ると、華々たちが出迎えた。

耽羅の子らは腰にある陽桜李の紅涙刀の周りに集まった。目を輝かせて子同士で内緒話のように囁いたり、触れようとして親に止められたりしている。

子と違い、大人たちは不安げな顔で紅涙刀を見た。陽桜李に紅涙刀を渡したと教団に思われたら、島はどうなるのか。心配して当然だ。陽桜李は耽羅の者たちを安心させる言葉を考える。でも、上手く出てこない。

華々が、どうしたの？　と言いたげに陽桜李の袖を引っ張った。

「――教団員がいないうちに、耽羅には貴陽の守護団員を手配しよう。玉兎もそう容易には貴陽に手を出せん」

耳心地の好い声がした。まるでずっとその声を求めていたかのようだった。陽桜李が顔を上げた先には、民家から出てきた美春がいた。

「涙川殿、そう民たちに伝えてくれ」

「美春……体はいいのか？」

「力が戻った。式神を使って貴陽へ文を送った。二、三日で救難船が来るだろう」

美春は淡々とそれだけ伝え、民家に戻ろうとした。まだ少し具合が悪そうに、腰をぐらりと揺らしながら歩く。その背中に向かって涙川は口を開いた。

「美春！　何故、力を失った？」

美春の足が止まる。目元に隈が残る美春は、くい、と顎で中へ入るよう示した。

「知りたければ、教えよう。但し……涙川殿のみに」

ぼそりと言うと、民家に消えた。陽桜李は涙川に向かって笑顔を作る。

「私も今日は疲れたし、先に休むわ。また明日ね」

陽桜李は川のほうへ体の向きを変えると、その場から立ち去った。

十

見慣れた天井で目が覚めるのは、どれだけ幸せなことだろう。風呂に入り食事をしっかり摂った翌朝は、やはり気持ちが良い。

陽桜李は勘解由小路家の屋敷の自室で、朝を迎えた。

耽羅から帰還して七日が経った。今日は特別な日だった。けれど、そういう時に限って起きられない。覚悟がまだ決まっていないのか。

自室の小窓から差し込む陽を見る。初めてこの部屋に来た時は、牢獄だと思った。書物しかない殺風景な部屋に、ただ一つの虫籠。今はもう中には何もいない。

襖をとんとん、と叩く音がした。

「――陽桜李、ごめんね。起きているかな？　そろそろ準備の時間だから、急かすようで申し訳ないんだけれど……」

遠慮がちな琥珀に、陽桜李は自ら襖を開けた。

「あっ、起きてた？　はあ、よかった……」

「琥珀お兄様、おはようございます」

「おはよう、陽桜李」

日向のような笑みを浮かべる琥珀を見ると、陽桜李の胸がじわっと温かくなった。琥珀の顔で、故郷に帰ってこられたという実感が湧いた。思わず琥珀の胸元に、ぎゅっと抱きついた。

「？　陽、陽桜李……？　どうしたんだい？」

「すー、すー、すー」

「匂いを嗅いでる……汗臭いから、やめてくれよ」

琥珀はくすぐったそうに少し笑う。もぞもぞと抜け出そうとしていたが、陽桜李はさらに強く抱き締めた。何かの動物のように首を横に振り、琥珀にしがみついた。

目鼻から水が出そうになったのを、袖で拭った。

「……何やってるんだ？　お前ら」

廊下の曲がり角から覗いている大和が見えた。まだ眠たげにぼさぼさの頭を掻きながら、陽桜李たちに怪訝な目を向けている。

「やっ、大和！　違うんだ、これは！」

「陽桜李のことやらしい目で見るなよ」

「大和！　朝御飯抜きにするぞ！」

「それは勘弁、お兄様！　なんたって琥珀お兄様の飯は絶品だから」

べ、と少年のように舌を出す大和。陽桜李は琥珀から離れてにんまりと笑った。部屋に置いてあった紅涙刀を手に取る。

これから、こんな穏やかな日々が続くのか。陽桜李は希望に満ちた気持ちだった。


七日前、貴陽は耽羅に救難船を寄越した。

天帝の息子、勘解由小路美春の耽羅奪還の戦は、一隻分の守護団員を嵐で失った。だが、天帝の血と涙川一族の力を感じざるを得ない僥倖で、美春と涙川のみが生き残り、自ら紅涙刀を取り戻した実績から貴陽は要請に応じた。

美春は帰還してすぐ、守護団員の親族を上河に集め、葬儀を行った。

「この度は、どれだけ頭を下げても足りません。申し訳ありませんという言葉ではとても伝わりませぬ。共に生きて帰ると約束したにもかかわらず、予期せぬ嵐で情けない結果になりました」

美春は土下座した。天帝の血族が地に頭をつけたことに、どよめきが起きた。どうか頭を上げるよう願う者たちの中、それでも美春は頭を垂れたままだった。

「しかし、守護団員の魂の力か、わたくしどもが希望していた宝刀の紅涙刀を手に入れることができました。彼らは最期まで――〝侍〟でありました」

美春の言葉に、親族が一斉に涙を流す。

東国から移り住んだ貴陽の民。先祖でもあるが絶滅した〝侍〟にたとえて、守護団員の勇敢さを讃(たた)えた。次に美春は団員の名を一人一人、読み上げた。

後方で、一人の女がその様子を見詰めていた。陽桜李はもしや、と思った。

懐にあった戒指を取り出すと、女のところへ行った。目を見張る女に、陽桜李はそっと戒指を渡した。この勘も、桜の姫としての特別な能力かもしれない。


七日後の今日は、陽桜李が紅涙刀で兕桜の呪いを解く日である。

既に美春と涙川が兕桜に向かい、準備を行っている。貴陽から天帝に命じられた使者も来るらしい。

今日この日、長きに亘る一国の呪いが解けるかもしれないのだ。上河の情勢は一新され、貴陽に移った流民が戻ってくるかもしれない。

陽桜李は勘解由小路家から来た女たちに、お姫様のような着物を着せられながら考えていた。眩しい桃色の地に、勝利を示す金箔桜(きんぱくざくら)柄。黒い咒桜を、美しい桜に戻す決意が漲った仕立てである。

「陽桜李様、このお着物は天帝、正嗣(まさつぐ)様の下賜品でございます。私も触るだけで身が引き締まりますわ」

陽桜李の胸に帯を巻いているのは、女中頭のお辰(たつ)。切れ長の目は左右に激しく動き、先ほどから他の女中にはきはきと指示を出していた。今日の女たちは、前に屋敷に来た面子(メンツ)から変わっていた。

「……でも、泥くさい娘が不相応な着物を、と思っていらっしゃるのではなくて」

「以前、派遣した娘どもが失礼いたしました。あれらは全員、辞めさせました。天帝の屋敷に帰っても、陽桜李様の美しさに嫉妬した醜い言葉を吐いていましたのでね。美春様の屋敷で何を言っていたか、容易に想像できましたわ」

全て見透かしたように笑うと、辰は深々と頭を下げた。はっとした陽桜李は、そんなつもりはなかったと首を横に振る。

「ごめんなさい。私が卑屈になると悲しむ人がいる、と分かっているのに。最近はどうも考えすぎることが多くなったわ」

「……陽桜李様は救世主でもありますが、一人の少女です。綺麗なところも、汚いところもあってよろしいのですよ」

辰はせっせと陽桜李の髪を櫛で梳き始めた。他の女中も集まってきて、白粉をはたき、口と頬に紅を塗る。束の間の手捌きでも、以前の女たちとの差を感じた。

「正嗣様も陽桜李様に会いたいと仰っていました。上河の呪いを解いたら是非、貴陽にお越しくださいませ」

辰は手鏡で陽桜李を映しながら囁いた。陽桜李は嬉しさでほんのりと赤くなる。

支度が終わり、朝食のために広間に向かった。

陽桜李が広間の襖を開けると、大和が既に御膳の前で茶碗を持っていた。米粒を口端につけながら顔を上げると、箸を止め、口に含んでいた米粒をぽろりと落とした。

「……随分と大層な着物だな。飯で汚さねえように気をつけろよ」

「大和の女の子苦手意識が出たね。素直に可愛いって言えばいいのに」

「うるせえっ！」

琥珀に指摘されて尚更自覚したのか、大和は茹で蛸みたいに頬が真っ赤になる。米をかっ込むものだから、一人で咳き込んでいた。

陽桜李は湯飲みに茶を入れて、大和に渡す。照れている様子が可愛いものだから、悪戯っぽく笑って首を傾げた。

「大和お兄様、お茶をどうぞ。私もここまでしなくていいのに、とは思ったわ。でも、このお着物はお祖父様……天帝からの下賜品なんですって。私にも会いたいと仰っていたらしいから、いつか貴陽に行ってみたいわ」

「へん、あのお堅い天帝が珍しいことを。やっぱ直系となると違うな。俺や琥珀のことなんか記憶にもないだろうに。言っちゃえば、陽桜李は次の天帝候補だろうしな」

するとと隣から、こら、と琥珀が大和をたしなめる。

「そうは言っても天帝はご病気で、ほとんど寝たきりと聞いたから……やっとこちらに構うくらいお加減がよくなったのではないかな。父上の船が遭難した時も、天帝は貴陽から文を僕たちに直接、くださったからね」

そうだったのか、と思いながら話を聞いていた陽桜李は、立ち上がろうとした琥珀の腕を摑んだ。

「琥珀お兄様、お伺いしたいことがあるの。最近、体がよくなった？　私、思ったの。琥珀お兄様はまるで侍のようになった、と」

陽桜李が上目遣いで問うと、琥珀がはっと目を見張った。

琥珀は変わっていた。腕や脚が筋骨隆々になったのが見て分かるほどだ。

琥珀は少し顔を逸らして、しばらく黙り込んでしまったが、陽桜李が見続けているとようやく口を開いた。

「実は……半年ほど前から薬膳学に力を入れたら、だいぶ体が治って、武術も習い始めた。それで、貴陽の武官学校の入学試験を受けた」

えっ、と陽桜李と大和が驚きの声を上げる前に、琥珀が懐から紙を取り出した。見せてくれたのは武官学校の成績表だ。大和も茶碗を持ったまま覗き込む。

「なんだ、この成績……間違いとかではないよな!?」

「武術、勉学……全て優！」

琥珀の成績表は全ての科目に最高値の優が並んでいた。陽桜李は片手で口を覆って放心しそうになりながらも、笑顔で見上げる。

「それじゃあ、琥珀お兄様も学校に入るの？」

「……今は、そこまで考えられなくて、これも落ちるつもりで受けたから僕も驚いているんだ。武官学校からはいつでも入ってくれと言われてしまった。もし、父上に何かあったら、僕も陽桜李のように戦いたいと思ったのがきっかけだったから……一応、これが証明になったかな、なんて」

琥珀は照れたように頭を掻くが、陽桜李には謙遜としか思えず、この人が自分の兄であることが誇らしくなった。

陽桜李の万能な体と違い、病気がちの琥珀の体は、生きる上で人より何倍も苦労しただろう。いわば生まれながらにして枷が常にあるようなもので、それがない人より上に行くには、並々ならぬ努力が不可欠だ。

神は琥珀を見ていた。琥珀に努力の才を与えてくれた。

涙が床に落ちた。肩を震わせる陽桜李に、琥珀は焦りながらも背中を擦った。

「陽桜李、今日の主賓は君だよ。儀式の前にそんなに泣いたらいけない」

琥珀は手拭いで、化粧が落ちないように涙を拭ってくれた。陽桜李は手拭いを貰うと、思いっきり洟を擤む。そんな様子に琥珀は、ぶっと大きく噴いた。

「勉学はまあ、分かるさ。琥珀は頭がいいからな。でも武術まで俺に勝ってどうするんだよ！　うっ、劣等感がうじうじと湧いてくる……」

「大和は勉学はともかく、武術は学校一だと聞いたよ。きっと僕が大和と稽古しても勝てやしないよ」

「勉学はともかくってなんだよ！　あーもう！　こうなったら俺ら三人兄妹で最強になろうぜ！　いつか有翠なんか軽くぶっ飛ばせるくらいにな！」

若干やけになって大和が拳を挙げる。陽桜李は洟を啜りながら、大きく笑った。

十一

神様が贈ってくれたとしか思えない晴天だった。

日射しは暑すぎず、雲一つない空の瑠璃色は、上河で見るには珍しかった。

民家の間の小径(こみち)を歩いて、陽桜李は咒桜の森に向かった。すると、当然のように庭から覗いている民たちが話しかけてくる。

「このような青空を見るのは生まれて初めてです。まさに国の復興の象徴ですな！」

「この老いぼれは命尽きてもよい。陽桜李様が呪いを解くお姿を見るために、どうか森に行かせてください」

「いけないいわ。いくら美春お父様が結界を作っているとはいえ、何かないとは言えない。お天道様のもとに行くのは、呪いが解けた上河の姿を見てから、ね？」

陽桜李は、後をついてくる腰が曲がった老輩を制する。一生見られないだろうものを見たい気持ちは分からないでもないが、それを止めるのも陽桜李の役目だ。

「陽桜李様、陽桜李様——っ！」

上河の童(わらわ)が元気に手を振る。陽桜李が笑顔で振り返すと、わっと歓声が上がった。

咒桜の森に着くと、人々が一斉に視線を向けるものがあった。それは陽桜李の腰にある紅涙刀で、鞘の炎色が陽に反照してきらりと光った。

美春の結界が施された咒桜の領域に入れるのは、親族と涙川と、貴陽から来た使者だけだった。笠（かさ）を深く被って顔の見えない黒い着物の者が数人、こそこそと囁き合っている。

人前だと意識すると動悸（どうき）がするので、気を紛らわすように陽桜李は首を横に振った。

それより、と。透明な結界の前にある巨樹、咒桜を見上げた。

いつも豪快に花弁を舞わせている咒桜は、今日は少し落ち着いている。美春の結界の力だろうか、瘴気に中てられにくくなっている。朝から準備をした甲斐はあった。

「よく来てくれたな。体の調子は如何（いかが）か？　お嬢さん」

涙川が陽桜李の肩に触れた。軽口で気を和らげてくれているのに顔は強張る。

「涙川殿。調子がどうだろうが、私は此処に来るわ。今日は死んでも私が咒桜の呪いを解くのだから」

「いんや。陽桜李が万全でなければ決行はせぬ。また次の機会にするだけだ。それに陽桜李の身に危険が及べば、俺と美春が救助する。そのための俺たちだ」

涙川はからっと笑った。悲しくもないのに体から力が抜けて泣きそうになったが、陽桜李はぐっと堪える。それから、咒桜の結界の前にいる美春を見た。美春は依然として無愛想な顔で両腕を組んでいる。陽桜李はわざと大きく走ってその腕を掴んだ。

「お父様！　ふふふ、咒桜なんか、さっさと刀で斬ってしまいましょう！」

「……陽桜李、いいか。先日、話した通りにやるのだぞ。無茶は禁物だ。もし、お前の身に何かあったら、すぐに結界を抜け出して――」

「なんだ、親父！　まさか、怖じ気づいてんのか？」

大和に背中を叩かれ、美春の痩軀が傾いた。陽桜李の後からやってきた大和と琥珀が見えた。

「今日は陽桜李が剣捌きを披露するんだぞ！　皆して陰気くさいんじゃ、陽桜李もやりにくいだろぉ」

「こら、大和」

琥珀が苦笑しながら叱る。横で陽桜李はぷっと噴いた。娘と息子たちに笑われて、美春は面目なさそうに頭を掻く。

「承知した。陽桜李……行け。武運を祈る。上河の――この国の呪いを解いてこい」

美春は陽桜李の肩を、そっと自分の胸元に寄せた。鼓舞だと分かっているのに、急な近接にどきっとする。目元が赤くなるのを隠しながら、陽桜李は結界に向かった。

「――皆、どうもありがとう。行ってきます」

陽桜李は振り返ると胸の前で手を合わせ、頭を下げた。

前を向いて結界に指先を伸ばす。触れると結界に小さな穴が空いた。以前、屋敷を脱出した時と同じだった。恐らく陽桜李以外の者にとっては、結界は透明な大きい壁でしかないのだろう。

陽桜李はあの幼い日を思い出しながら、綿を摑むように結界を剝がした。どんどん空洞が広がっていき、陽桜李一人が入れるほどの大きさになる。後ろから「おおっ！」と驚きの声が上がった。

結界の中に入ると、両足が緩慢に熱くなった。咒桜の花弁が染みこんで、地面が黒くなっている。あんなに明るかった空が一気に夜の暗さになり、静かに舞い降りる花弁が眼界を遮った。

黒い吹雪を掻い潜るように、陽桜李はひたすら前に進む。はあっと息を吐いて、咒桜の幹に手をついた。人の顔に見える樹皮は、咒桜で滅んだ者の亡霊か。

陽桜李は紅涙刀をゆっくり抜いた。水色の刃は、花弁を裂くように光を放つ。亡霊の涙にも見える部分に狙いを定める。陽桜李は唇を嚙みしめ、刀で右斜めに樹木を斬った。刹那、陽桜李の体は暴風に当てられ吹っ飛んだ。

目の前が霧の如く白くなり、様々な者の顔が浮かんだ。恐らく咒桜に苦しめられた人々、沈没した守護団員たちだろう。彼らは揃って安らかな顔をしていた。

——嗚呼、呪いが解けたのだ。よかった、これで皆、報われる……。

陽桜李は安心して起き上がった。が、次の瞬間、目を見張った。

咒桜は斬れていなかった。何も変わっていなかった。

陽桜李は最悪の想像をした。否定しようと首を横に振りながら、もう一度、紅涙刀で幹を斬る。幾度も、幾度も幾度も斬り続けた。

「このばか桜！　私の母だろうが何だろうが知らぬ！　お前が消えれば、みんな幸せなんだ！　早く消えてくれ――ッ！」

絶叫した。紅涙刀の柄を握り締めすぎて、掌の皮が剝ける。

怒りで体が熱いのか、痛みで熱いのかよく分からない。全身、水を被ったかのように汗でびっしょりになって、陽桜李は膝から崩れた。

息を切らし祈るように顔を上げる。ひゅうと風が吹き、咒桜との間に陽が差した。

すると、樹(き)から真っ白な手が現れた。手は陽桜李の首を摑み、眼前に女の顔が出た。

「〝そんなもの〟で、私の術が破れると思った？」

幼い少女のような可憐(かれん)な声だった。白い顔がだんだんと浮かび上がり、桜の色と同じ黒髪が舞う。――まさか。

陽桜李は女を見て、声にならない悲鳴を上げた。

自分だった。目の前に自分と同じ顔の女が現れたのだ。

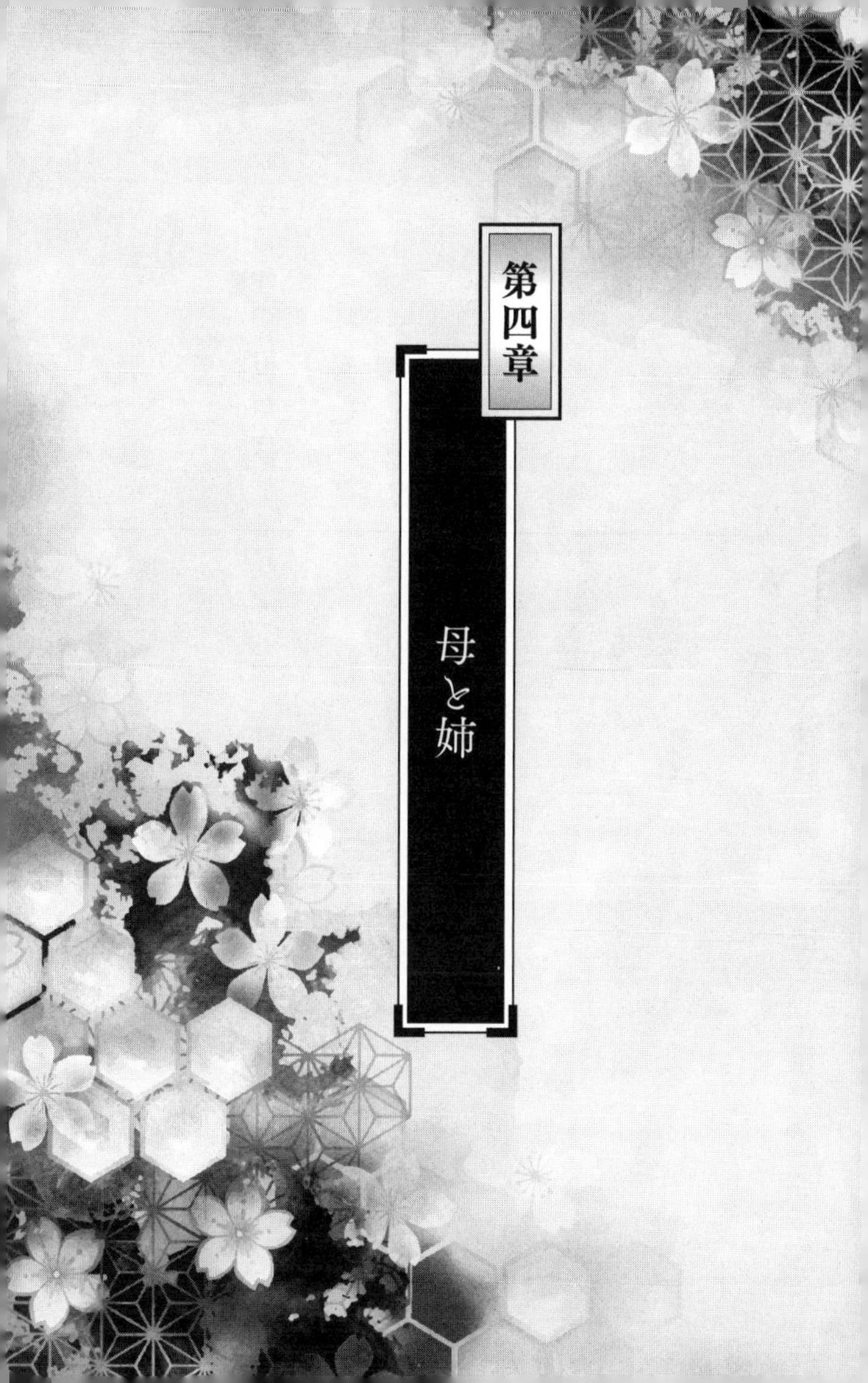

第四章

母と姉

一

陽桜李(ひおり)は空中に浮かんでいるような心地になった。

遠目に知らない景色を延々と見ていると、目の前に少年がいた。その少年には見覚えがあった。――美春(みはる)だ。美春とそっくりの少年だった。

もしかすると、ここは美春の幼少期の記憶なのか。今の屋敷より二回りも大きい部屋で、立派な布団に寝ている。

このあたりで陽桜李の自意識は薄れていった。

――十五年前。貴陽(きよう)国、勘解由小路(かでのこうじ)本家の屋敷。

深夜、美春は物音で目が覚めた。庭園から人の話し声と足音が聞こえた。

天帝である父、正嗣(まさつぐ)がいる本家の屋敷には、容易に人は入れない。父の他に住めるのは正室の息子である美春ぐらいだ。

敵襲か。美春は布団から起き上がり部屋を出た。縁側から庭を眺める。

庭師によって手入れされた庭園には大きな松が聳(そび)え立ち、低木の花が色とりどりに咲いている。池には鯉が泳いで、朱塗りの小さな橋が架かっている。鹿威し(ししおど)の音と、夜の虫の声が共鳴する中、美春はある一点の景色から目を離せなかった。

蔵の前に輦車が停(と)まっていた。父と何人かの側近が話し込み、やがて輦車を蔵の中へ運んだ。ただそれだけのことなのに、どこか異様だった。

次の日、美春は昼過ぎに起きた。天帝一族も学びとして武官学校に通っているが、今は春期休暇中だ。昨夜のことが気になって勉強する気が起きず、やたら広い庭園を散策した。屋敷の裏の大きな離れは、父に仕える側近や女中の住処(すみか)だった。

離れには一本の桜が咲いていた。生前、母が下賜した桜だった。よく手入れされたずっしりと太い樹木は、側近たちの忠誠の証だった。

美春は庭石の上で胡坐(あぐら)をかき、厨房から持ってきた握り飯を噛る。不意に口の中に入り込んだ桜の花弁を、ぺっと吐き出して、口元を手巾で拭う。

女中に見られたら卒倒される行儀の悪さだ。だが、美春も次期天帝とはいえ、どこまでも年相応の少年だった。

——桜とは、なぜこんなにも悲しい気持ちにさせるのだろう。

花びらが散るのを見ていると、涙が出そうになる。

「よう、美春坊ちゃん。なぁにこんなところで感傷に浸ってんだ？」

だらりと聞き慣れた声がした。美春は眉を顰めながら振り返る。

錆色の髪をふわりと流し、筋骨隆々の体のわりに肌が白く、珍しい青い瞳の男。
――涙川惣司郎、勘解由小路天帝の第一側近。先代天帝の前に突如として現れた上河の幻の一族、涙川家の子孫だ。さらに東国の侍の血が混じっているという。貴陽で名を聞けば、平伏されるような男だ。

「……ひっく！」

と立派な肩書きに反してだらしない涙川の吃逆が聞こえて、美春は鼻を抓んだ。

「涙川！　お前、まさか昼間から酒を飲んでいるのか!?」

「まあ、いいだろうが。働き詰めの体をたまには労っても」

「第一側近とは思えないぐらい怠けているだろう！　よくふらりと雲隠れしては下の者たちを困らせているのを知っているんだぞ！」

ふーっと酒臭い息を吹きかける涙川に、美春は激怒する。

涙川は天帝に命じられれば役務は熟すが、それ以外は問題が多い。時々何日も放浪していなくなるし、夜行人間で昼間は縁側で寝そべっている。女中たちが懸命に掃除している横でも構わず熟睡しているのを見た時は、驚きを隠せなかった。

口癖は「仕事なんて巧く手を抜いてなんぼ」で、呆れるしかない。

「まあ、でも……昨夜は、よく働いていたそうだな。蔵の前で父上と話していただろう。〝何か〟を持ってきて」

あからさまに話を変える。すると涙川の顔色が変わった。やはり、と美春は続けて問う。

「涙川、昨日は何をやっていたんだ？」

「坊ちゃんには縁のないことだな。悪いことは言わないから深入りはするなよ」

「そう言われて気にならない奴がいるかよ」

「それもそうか。……んじゃ、これをやる」

涙川は一瞬にしてあっさりと態度を変えると、美春に何かを空に投げた。

美春が庭石から下りて受け取ると、掌には古びた鍵があった。首を傾げていると涙川は息を吐いた。

「坊ちゃんが昨日、見た蔵の鍵さ。鍵といっても合鍵な。こっそりと拝借した」

「な!? 貴様、謀反か？　父上の信用があるにも拘わらず、蔵の鍵を勝手に！」

「裏切ったのはどっちだ」

低い声が響いた。暗く沈んだ瞳で、涙川は母の桜を見上げている。突風で桜吹雪が舞うと、我に返ったように涙川は咳払いをした。

「まあまあ、そう小姑みたいに言うなよ。坊ちゃんは育ちのわりには神経質だからなあ。そのまま大人になりそうで俺は憂慮しているぞ」

「お前が無神経すぎるんだっ！　昔から涙川のようなのを見ていたら、いやでもそうなる！　で？　この鍵を俺に渡してどうするのだ」

「正嗣様は、美春が大人になるまで黙っている、と言っていたが……俺はそう思えなかった。これが〝天帝を継ぐ者の役務〟なのだとしたら、遅かれ早かれ知るんだ」

美春の頭に疑問が浮かぶ。涙川は何の話をしているのか？

涙川も察したのか「とりあえず鍵は好きに使え」と言いながら、片手をひらひらと振って去っていった。変人、と美春は心の中で呟きながら、握り締めた鍵を見る。

これがあればあの蔵に入れるのか——と思いながら。

二

美春はそれから毎日、眠れなくなった。布団の上で目をぎんぎんに開いて、天井を睨むしかない。懐に入れて肌身離さず持っていた鍵を、行灯の明かりに翳す。

三日目、ついに美春は決心した。今夜、蔵に入る、と。

父は何を隠したのか。隠し財産なら拍子抜けだが、それでも調べる価値はある。

厨房から女中たちの声が消え、離れに戻るのを確かめる。燭台に火を点けて、そっと縁側に出た。草履の足音を立てないよう、雲でも踏むように歩く。美春の存在に気づいている夜の虫は、そっと鳴くのをやめていた。

蔵の前に着くと、錠前に燭台を近づけた。錠前には貴陽国の紋章である太陽が彫られている。鍵を穴に挿して外し、戸を開けると、ぎぃと不気味な音が響いた。

真っ暗な蔵の中、高窓から月光が差し込んでいた。灰色の埃が積もっていて、まともに掃除されていない床の上に、足跡が黒く残る。

美春は、この世には何も怖いものなどないと思っていた。

天帝の一族——勘解由小路家は、かつて東国で名を馳せた陰陽師集団だ。滅んだ東国から貴陽の土地を見つけて移り住み、一から国を作った。歴とした陰陽師の血が流れる美春は、勘解由小路家史上最強の異能を誇った。

前天帝の龍条は子孫に、娘一人しか遺さなかった。その娘が美春の母であり、父の正嗣とは従兄妹同士であった。龍条の妻、恋墨は〝桜桃姫〟と呼ばれる異能者でありながら、武将でもあった。龍条と恋墨がかなり強い異能の持ち主であったことから娘に期待が寄せられたが、美春の母も、そして分家から婿入りした父も、陰陽師の力には恵まれなかった。

美春は隔世遺伝で龍条の生まれ変わりである、と幼い頃から天帝の跡継ぎとして持て囃された。

何となく武官学校に通いながら、何となく陰陽師の修行をしていれば、息をするように最強を保てた。誰にも負けたことがなかった。この世ならざる者を赤子の時から見聞きし、妬み恨まれ、呪われては祓って……まあ、それはどうでもいい。幽霊より人が一番恐ろしいだとかも、全てどうでもいい。

けれど、何なのだろう。今、この燃え盛る炎に似た、慄(おのの)きは。

美春は壁に当たって立ち止まった。奥の壁まで辿り着いたのか。いや、違った。

――そこは座敷牢であった。鉄柵に阻まれてこれ以上は進めないのだ。

冷たい鉄柵に触れ、その先を覗いた。

すると、白いものが、のそりと動いた。美春はびくりと肩を震わせる。

「……人か?」

確かめるように声を掛けた。

白い物体が突然、ぎゅるりと大きく動いた。

美春は吃驚して、摑んでいた鉄柵を離してしまった。

眼前に、白装束の女がいた。絹のような黒い髪がだらりと床に垂れている。女はぱっちりとした目を開けると、美春を睨みつけた。目力の強い瞳は、この淀(よど)んだ暗い蔵には似合わず澄んでいた。

座敷牢の中には藁が敷いてあり、女はどうやら眠っていたようであった。

美春は――女を美しいと思った。今まで見たことのない美貌の少女だった。

白装束と同じ色をした透き通った肌。彫りの深い整った顔。椿の花を彷彿させる艶のある唇。

「お前、誰だ？　なんでこんなところにいるのだ？」

正体が人間であると思うと、安心して声を掛けられた。女は無言でまだこちらを睨んでいる。美春は警戒心の強い猫を思い出した。

「私が異質だからよ」

鈴を転がすような声で、女が答えた。これも美しいと美春は思った。

「異質だと蔵に入れられるのか。そんなこと言ったらこの勘解由小路家なんて、俺を含めて異質だらけだぞ」

「私は……他にも異様、異端、異形、だとかがあるからだと思うわ」

「綺麗な顔してもったいないな。名前はなんていうんだ？」

「……何だったかしら」

「自分の名前も分からないのかよ」

「……太陽。太陽の光が差し込む桜の下で生まれた李のような娘……陽桜李。正嗣という男が、そう名付けてくれたわ」

「……陽桜李？」

美春はただ繰り返した。驚くしかなかったからだ。

「陽桜李だって？　陽桜李って……俺の母上の名前だぞ？」

美春は戦慄した。しかも今、正嗣が名付けたと言わなかったか。何故、父がこの娘に母と同じ名を授けたのだろう。

「名前なんかどうだっていいわ。どうせ私は死ぬのだもの」

「……病か？」

「貴方の一族に殺されるのよ」

陽桜李は冷たく笑った。

「俺の家族に？　そんな馬鹿なことが」

「名前は美春、だったかしら。貴方って何も知らないのね」

陽桜李は片手で鉄柵を思いっきり摑んだ。がしゃん！　と鉄が揺れる音が響く。近づいた陽桜李の青白い顔と赤い唇に体が固まった。

「私は、呪桜（じゅざくら）の娘よ」

美春は呪桜という言葉に首を傾げた。

呪桜とは、貴陽の隣の上河にある呪われた桜だ。貴陽と上河が対立している玉兎国（ぎょくと）の方術士、有翠（ありすい）が持ち込んだという。あの桜が現れてから上河は衰退した、という噂を耳にしていたが、その桜のことだろうか。

「でも〝失敗作〟。……ね、冥婚って知っている？　美春のお父さんは黄泉（よみ）の桜と結婚して私を生んだの。美春のお母さんは亡くなっているから再婚というのかも。失敗作だから死ぬしかないけれど、踏ん張って失敗作にならなければ、私もこの家の養女にしてもらえるのかしら」

美春は苛々と応じた。

「先ほどから、お前の言っていることは不快だ！　勘解由小路家の者が人殺しをするわけがないし、父上は母上一筋だった！　嘘を言うな！」

「でも、戦はするくせに」

美春の冷え切った唇が震える。綺麗事を言う美春の矛盾を突いた返しだった。

「戦で人を殺し、味方を殺されているくせに。そう指示している上の者が、絶対に人を殺さないと言える？　私を殺さないと言える？　ねえ、私を此処から出して。でないと私は殺されてしまうわ」

美春の頬に触れた陽桜李の手は、氷のように冷たかった。陽桜李は赤くなった美春の目元をそっとなぞると、鈴を転がすような声で笑った。

「――ねえ、美春。私と一緒に逃げて」

陽桜李は口元をくしゃっと緩めた。その眉が、せわしなく震えている。

まるで……笑っているのに、泣いているみたいだった。

三

翌日の夜。

誰も美春が四日も眠れていないのに気づいていないようだった。

今日も女中が離れに帰った後、美春は庭園へ出た。鍵を持って向かうは蔵の中。

美春は陽桜李のあの笑顔が忘れられなかった。

あんな笑い方をする女は初めて見た。笑いながら、助けてと訴える者を見てしまった。美春はそれを見て見ぬふりができるほど、器用ではなかった。

鍵を挿して蔵に入ると、懐から紙人形を取り出した。美春はわずか五歳の時に、自分の式神を作れた。大人でも作るのは難しいとされる式神を、何体も操れた。

美春は紙人形を地面に落とし、式神を召喚した。

「――暴風！　牢舎(ろうしゃ)の鍵を壊してくれ！」

美春が命令すると、人の形をした式神は、牢舎の扉に手を翳した。それを見て美春は式神から離れた。すると式神は、ばん！　と大きな音を立てて突風を起こした。風の力で扉の鍵は破壊された。

「……きゃあ！　曲者(くせもの)!?」

　牢の中で眠っていた陽桜李が爆音で飛び起きた。美春は鍵の破壊に集中していて、陽桜李に声を掛けるのを忘れていた。しまった、と頭を掻くが、急いで扉を開ける。

「お前の願い通り、牢舎は開けた！　さあ、何処にでも逃げられるぞ！　勘解由小路家は人殺しをしたりしないと、俺の力をもって証明する！」

「美春、貴方……まさか私の発言を真に受けてこんなことを……」

「早く！　今の音で側近たちが来るかもしれない！　調べられれば俺が式神を使ったことも、じきに発覚する！」

　美春は陽桜李に手を伸ばす。まだ混乱している陽桜李を急(せ)かすように、美春はもう一度、腕を大きく伸ばした。

　陽桜李はゆっくり顔を上げると、真白な指先を差し出した。美春はそれを見逃さず、思いっきり引っ張り上げた。

　颯爽と蔵から出ると、満月が二人を迎えてくれた。踊るように走りながら、屋敷の門へ向かう。

「美春、何処へ行こうって言うの？」

「陽桜李の行きたいところへ、だ！　何処に行く？　俺、家出は初めてで、わくわくが止まらない！」

「私の行きたいところ？　そ、それは……」

「あるんだな？　何処だ！」

「……お母さん」

え？　と美春は聞き返す。陽桜李は頬を赤くしながら目を潤ませた。

「私が生まれた咒桜の中に……私を生んでくれたお母さんがいるはずなの。私、お母さんに会いたい！　会いたいよ！」

ついに陽桜李は両目から涙を零した。ずっと堪えていた感情の糸が切れたように泣く少女を見て、美春は思わず門の外で立ち止まる。

咒桜ということは——隣国の上河、か。

少しの間の家出では終わりそうにない旅になることを、自分が生まれた屋敷を見上げながら、美春はこのとき覚悟した。

四

貴陽は、太陽の如く明るい国だった。

美春と陽桜李が坂の上にある天帝の屋敷を出ると、ちょうど朝日が昇っていた。

　街では朝市（露天市）が始まっていた。ずらっと道に並んだ露店には魚、野菜、果物、花の苗、着物の布、などが揃っている。小遣いを多少、銭嚢に入れてきていた美春は、途中で袱紗を買った。頭に被って町被きのようにし、正体を隠すのだ。

　貴陽の民で美春の顔を知る者は少ない。もし、側近がすぐに追ってきたとしても、朝市のこの人混みでは、見つけるのは不可能に近い。

　美春は後ろについてきている陽桜李を見た。首を縦横にし目をきょろきょろさせている。初めて見た市が珍しいのだろう。

「そういえば、食料を持ってくるのを忘れてしまった。女中がまだ寝ていたし。果物でも買っていこうか。陽桜李、どれがいい？」

　物欲しそうな目で眺める陽桜李にあえて声を掛けた。陽桜李は美春に買わせるのを躊躇していたが、やっと小さく口にした。

「……これがいい。丸くて可愛いから」

　陽桜李が指差したのは果物の李だった。美春は商人に頼んで李をいくつか行嚢に詰めてもらった。金を払って逃げるように去る。

　美春は歩きながら李を一つ手渡した。陽桜李は恐る恐る口を開けて、李を齧った。じゅ、と実の汁を零しながら、小さな子供のように懸命に食べている。

「可愛いのに美味しい！　私、これ好き！」

「李って言うんだよ。陽桜李の名前の一部でもあるな」

「……私が生まれた桜も、本来はこんな桃色をしているって聞いたの。だから、この実に目がいった！」

陽桜李は李の一片を歯に詰まらせながら笑った。

「見たことのないお母さんに会いたい」とか「可愛いから欲しい」と強請るなんて、何処にでもいる普通の少女だな。美春はしみじみ思った。

向かうは朝市の先の船門。上河まで出ている船を探さねばならない。

「うっ、頬がべたべたしてきたわ！　どうして？」

「潮風だ。海が近くなったんだ」

陽桜李は顔を上げると、人が行き交う埠頭を見詰めた。

白い空の下、青々とした海に帆船が何隻も浮かんでいる。食堂には漁師の男たちが集まり、外の市廛では売買や貿易が行われていた。富豪の商人に連れられた美しい女たちが、魚の大物が出てくる度に歓声を上げる。

「あの大きい船に乗るの？」

「あの中の貿易船に乗る。途中の上河で下ろしてもらう」

美春は港に留まっている船の中で貿易船を探した。弁財船より大きく、帆柱が三本ある派手な船が目についた。美春は船の近くにいた水手に話しかけた。

「船長に話がある。上河で二人、下ろしてもらいたい」

気さくな水手はすぐに「おぉーい！」と船長を呼んでくれた。すると、尻からげで厳つい船長が梯子から下りてきた。水手が耳打ちし、事情を話している。

美春は船長の前に行き、銀貨二百枚を見せた。船長は片眉をぴくりと動かす。急いで持ってきた小遣い全部だったが、足りなかったか。額に冷や汗が滲む。

「上河にゃ水と食料を補充するために湊泊する。そのついでに下ろしてやるよ」

船長がにかっと笑ったので、美春は胸を撫で下ろした。

「しかし坊ちゃんよ、そんな小さな身で上河に行くなんて正気か？　あの国は守護団員でも行くのを嫌がるし、国が衰退してからは、農民はとうに貴陽に移り住んだぜ」

「それでも上河に、使命がある」

「使命って重くねぇか？　ま、少年少女、青春だな」

美春は苦笑して、陽桜李に手を差し伸べた。

坂の上の屋敷から遠くまで来てしまった。これ以上は海道を越える。朝日は昇りきり、街をかんかんに照らしていた。太陽の名に相応しい日射しと、瑞々しい海の声が重なり合う。

もう、しばらくは戻ってこられないだろう。そんな気がした。美春はまだ見ぬ上河に心を躍らせた。

五

船に乗ってすぐ船酔いをした。

船長は積み荷のある艙間(そうかん)に入れてくれたが、美春はすぐに甲板に出た。命綱をつけたままほとんどの時間、嘔吐(おうと)していて、夜になっても吐いていた。

恐ろしいほど揺れる船でも、陽桜李はけろっとしていた。慣れた船乗りたちはまだしも、初めて船に乗った少女がどうして無事なのか、美春は不思議でならなかった。

貿易船には十四日ほど乗った。七日で船酔い慣れした美春は陽桜李とずっとお喋りしていた。陽桜李は美春が幼い頃から読んできた御伽話(おとぎばなし)を、一つも知らなかった。初めのほうは楽しそうに聞いていても、終わりになると不貞寝(ふてね)した。

「私、物語が好きじゃないの。なんだか苦しいことも、どこか綺麗に見せようとするから。苦しさなんて、なければないでいいのよ」

「そうか？　俺は苦労して人は強くなると思うけれどな」

「天帝のお坊ちゃまに言われたって、何の説得力もないわ」

「お坊ちゃまだって苦しむ時は苦しんでいる。それは偏見だ」

言いながら悪戯っ子のように笑い合う。水手たちの鼾が聞こえる夜に、ああでもないこうでもないとひそひそ話した。

十四日目に法螺貝が鳴って、上河に船繫した。船長と水手たちが食料調達に出る中、美春たちは船に別れを告げた。

けれど、美春の記憶はそこで失われた。

――亡き母の夢を見た。

母との思い出はあまりない。病気で臥せっている母のところへ美春が遊びに行くと、抱き締めてくれた記憶があるだけだ。

二人で散策するのも屋敷内に限られ、美春は母と扁額を眺めるのが好きだった。

一室に飾られた扁額には、歴代の天帝の絵が並んでいる。男ばかりの中に、一人だけ女性がいた。漆黒の長髪に、刃のように鋭い目をした美しい女。姓名は勘解由小路恋墨。貴陽の〝桜桃姫〟という異名の女武者だった。

恋墨には、勘解由小路の血は流れていなかった。唯一の養子だが貴陽を救った戦の女神と讃えられ、先代龍条に嫁いだ。一族の者が敬意を込めて恋墨の扁額を作った。

「何度見ても、恋墨様は母上によく似ていらっしゃる」

「……私のお母様ですからね。私はお父様よりお母様に似たと言われたわ。恋墨様は桜の下に捨てられた孤児だった。それを龍条様が拾い、養子にした。義理の娘だったけれど、二人は晴れて結ばれて……」

母は嬉しそうな顔をしているのに、どうしてか声が震えていた。すると、母は呟き込んでその場に膝から崩れ落ちた。

「母上！　どうか気を確かに！」

「うっ、息子の前でも嘘をつくのは許されないのね……」

「今、なんと……？」

母に話しかけると咳がどんどん酷くなるばかりで、美春はすぐに女中を呼んだ。こうやって関われたのはほんの僅かな時間で、母はあっという間に亡くなった。


美春は暗闇の中にいた。胎内のように心地好い海底だった。

丸くなって眠っていると、何処からともなく誰かの声がした。

「美春……」

死んだ母の声だった。

「美春、やめなさい。上河に行ってはいけない……行っては、だめ――」

母の悲鳴のような訴えだった。

美春は陸に上がろうとしたが、誰かの手が足を引っ張る。どうにか藻掻(もが)いて海から上がったら、天井しか見えなかった。

自分の屋敷の部屋とは違う。見覚えのない木目の天井だった。

「あ、お兄ちゃんが起きたぁ」

くりっとした黒い目が美春を覗き込んだ。

素朴な子供を前にして、美春は飛び起きる。美春より年下だろう少年は、まだじーっと見詰めている。美春は額から冷や汗を流しながら、薄笑いを浮かべた。

「……君は？　此処はいったい何処だ？」

「お姉ちゃん！　お兄ちゃんが起きたよ！　俺、じいちゃん呼んでくるー」

少年は最後まで話を聞かず、部屋から出ていった。勘解由小路家の屋敷よりは大分狭い民家の縁側に、陽桜李が座っていた。

陽桜李は微風に黒髪を靡かせる。振り返った顔は、夢で見た母とよく似ていた。

「よかった、起きたのね！　貴方、上河を歩いている時に倒れたのよ。よっぽど船旅で疲れていたのかしら」

「なっ、それからどうしたんだ？」

「私がおぶって上河を彷徨（さまよ）っていたの。そしたらこの家の人たちが拾ってくれて」

「男の俺をおぶって歩いただと？　お前の体力はどうなっとる！」

「私、失敗作でも呪桜の娘だから、飲まず食わずでも生きていられるの。力も人一倍あるから男以上だと思うわ」

「それって……つまりは不老不死ということか？」

「に、なれなかったから、失敗作なのだけれど」

陽桜李は頭を掻きながら、何てことのないように笑う。美春はますます陽桜李を父が何故連れてきたのか、疑問に思った。嫌な想像ばかりが浮かんだ。

陽桜李を戦争の道具にでもしようとしたのか。それとも他に何が……？

普段、天帝の屋敷で大切に育てられたからか。旅の疲れが中々とれない。

「……おお、起きなすったか。息絶えたかと思いましたぞ」

部屋の襖が開くと、髪と髭が真っ白な翁が現れた。家の主だろうか。美春は深く頭を下げた。

「この国は医者を呼ぶのもやっと。また上河で人が亡くなったかと。しかもまだ幼い子が」

「……上河はそんなに衰退したのか？　来るのは初めてなのだ」

「外を一度、見てみなされ」

翁に手招きされて、布団から立ち上がった。縁側を下りて門を出る。美春は目を見張った。

　上河は曇天で陽が見えず、乾燥した風が吹いている。草木一本も生えず、干上がった地面では木々が萎びていた。散在する民家は壁が罅割れ、棟木が腐って崩れている。

──絶句するほかなかった。貴陽の明るい街とは対照的だった。

「お前さんは……天帝一族の者であろう？」

「……どうして？」

「ここ数年、天帝が何度か上河を訪れたのだ。そしていつも咒桜へ向かう。何をしているのかは、さっぱり分からぬが──」

「父上が何度も上河に来ている!?」

　驚いて声を上げたが、しまったと口を噤んだ。だが時既に遅く、翁は驚愕している。

「今、なんと？　父親、ですと!?　つまり貴方様は天帝の……」

「すまぬ。察してくれ。だから上河にいられるのも、そう長くはない。全てあの少女……陽桜李のために来た。咒桜に会いたいと言うのでな」

　美春はしゃがんで頭を下げる。翁は目を震わせながら陽桜李を捉えた。しばらくじっと見たあと、美春に顔を上げるように言った。

「……構いませぬ。あの子は新しい桜姫であろう。天帝も来たくて上河に来ているのではない、我々のためにやっていることだとも分かっております」

「新しい？　今、翁は何と？　父上が上河のためにやっている？　何の話だ？」

「まさか、何も知らずに……口数が多すぎました。忘れてくだされ」

「いや、話してくれ！　俺も何が何だか分からぬのだ！　父上がいったい何を隠しているのか！」

美春は翁に迫った。翁は眉を下げて黙り込む。美春は「どうか」と声を張った。縁側にいる少年が、声を聞いて首を傾げる。孫に被害が及ぶと考えたのか、翁は重い口を開いた。

「天帝は、咒桜の呪いを解く姫を作っておられるのです。もう何度も、何度も」

翁の水面のような声が、美春の耳の奥深くに響いた。

六

夜になると風が変わった。

息を吸うだけで体が重苦しくなる瘴気が流れている。曇天だったのに月は妙に明るく、黒い森の木々を照らしている。この国は夜だけ生きている気がした。

美春と陽桜李は翁の家を出て、咒桜の森へ向かっていた。どんどん先に進んでいく陽桜李と、俯きながら歩く美春の二人は、昼と夜のように違った。

「陽桜李は、あの翁が言っていたことを全て知っていたのだな」

美春は落ち込んだ声をさらに沈ませる。

「だから初めに言ったじゃない。私は咒桜の娘の中でも失敗作だから処分されるって」

「それはそうだが……やっぱり信じたくない自分がいた。父上たちがそんな恐ろしいことをしているなんて。正義感の強い涙川が、俺に蔵の存在を教えた訳が分かった。こんな仕事を繰り返していたら、やけ酒も飲みたくなる」

「美春って意外と悲観的なのね。言っていたでしょ。天帝は悪いことをしているんじゃなくて、国を救う、いいことをしているって。上河のためにはしょうがないと思えばいいわ」

「……陽桜李は当事者なのに、平静に考えられて偉いな」

「当事者ほど冷めて見えるのよ。それに失敗作だろうがなんだろうが、生まれたからには好きにさせてもらうわ！　私の人生は私のものだもの！」

陽桜李は両手を広げて笑った。木々が呼応するように風で葉が揺れる。まるで森を動かしているみたいだ。

逆に美春は、こんなに強い異能力に押し潰されそうになったのは初めてだった。赤子の頃から人ならざるものなど見飽きているというのに。この先にとてつもないものがあるのがひしひしと伝わってくる。

呪桜の存在そのものはもちろんだが、この瘴気を作り上げた有翠が畏怖されているのも分かった。

ふと、自分が有翠と対面する場面を想像した。歴代の勘解由小路で最強と言われた龍条、そして、その生まれ変わりとされる自分が、果たして敵うのだろうか。いつもなら何てことはないと自信たっぷりなのに、体感すると断言できなくなった。

国一つを滅ぼしたという呪術、天帝の父が倫理に反しても対処しなければいけないほどの禁忌の恐ろしさは並大抵ではない。

「――帰りたくない、貴陽に帰りたくない」

ついに美春は両手で顔を覆った。

「天帝の息子になど、生まれたくなかった」

片目から生温い雫が零れ落ちる。

物心ついた頃から天帝の枷が離れない。生活に一生困らない代わりに、のしかかり続ける重圧が、心の奥底にどんどん積み重なって出た本音だった。

「ふぅん。じゃ、帰るのやめれば？」

陽桜李は振り返りもせずに答えた。目を合わせるのも馬鹿馬鹿しいと言いたげな態度だ。

「容易く言うな！　俺には天帝の使命がある！　国を捨てろと、俺に言うのか⁉」

「捨てればいいわ。美春を大切にしない国なんて。貴方は誰？　誰なの？」

「俺は……勘解由小路家美春」

「美春。〝美しい春〟。そんな綺麗な名前があるのに〝美春〟として生きられなかったのね。じゃあ、これから美春になればいいわ」

「お前の言っていることは訳が、分からない……」

陽桜李は体を翻すと、満面の笑みを浮かべた。また、あの泣いているかのような笑いだった。

「そうだ！　私と上河に住みましょうよ。捨てられた家がたくさんあるみたいだし、住む場所には困らないわ。そうね、私も……呪いを解く方法を探そうかしら」

美春は差し伸べられた手を取って、お互い決して放そうとしなかった。もし森に迷い込んでこの世に戻れなくなっても、二人で生きていける気がした。

刹那。陽桜李の背後で突風が吹いた。

黒い雨が降ったような現実離れした花吹雪。美春が手を広げると、一枚、二枚と黒い花弁が舞い落ちた。花弁の形はつい最近、見たものだ。

——桜だ、桜の花弁だ。

しかし目の前の桜の樹は、桃色をしていない。真っ黒だ。

美春の身長よりもずっと高く、空まで届く黒い桜の樹を、首が凝りそうになるほど見上げた。夢でも見ている気分であった。

「私は此処で生まれたのよ。この黒い桜が私のお母さん。初めて目が覚めた時、目の前が真っ暗だったの。体が黒い花弁だらけで……」

美春は驚いて、ぱっと陽桜李の手を放した。しまったと思った。

自分の掌を見つめ、それから目を陽桜李のほうへ持ち上げる。咒桜へ真っ直ぐ向いていた陽桜李は美春に微笑した。

「いやになった？　私が人間ではないことが」

「今さらそう言われたって……陽桜李は陽桜李だろう」

陽桜李は綺麗で、気が強くてわがままだが——普通の女の子だ。不思議な力はあるかもしれない。だが誰かに危害を加えたりしない。昔話の鬼や妖怪のように人を喰ったりもしない。なのに何故、殺されねばならないのだろう。

美春は泣きそうな顔を地面に向けた。足でどかしてもどかしても、黒い花弁が湧いてくる。

りん、——と鈴の音がした。

美春はびくりと顔を上げる。樹の前には確かに誰もいなかったのに。待ち合わせでもしていたかのように今、女が立っていた。

真白な肌に、椿を彷彿させる艶のある唇。どこまでも続くような長い黒髪が、空を舞う黒々とした花弁と一体になる。

美春は、見覚えのある女の姿に目を見張る。

「……母上？」

声を掛けると、女は唇に笑みを描いた。

だが、何かが違う。美春は母との記憶を手繰った。浮かび上がるのは、とある絵。

「いや……貴女は、勘解由小路恋墨！」

「お母様！　お母様だわ！」

同時に声を上擦らせた陽桜李が、感極まって走りだした。

美春は焦ってその手をもう一度摑んだ。だが、陽桜李は美春を気にも留めない。樹の周りに渦巻く花弁の闇へどんどん進もうとする。

美春は身の危機を感じた。これは近づいてはいけないモノだ。自分の手を振りほどこうとする陽桜李を、懸命に繫ぎ止める。

「陽桜李、行っちゃいけない！　あれは亡くなった人だ！　生きた人間ではない！」

「お母様、この人は友人の美春よ！　私、陽桜李って名前をつけてもらったの！　美春のお父さんの正嗣という人から。素敵でしょう!?」

美春の聞いた覚えのない、懸命な口調だった。恋墨に似た女は、笑みを崩さずにどんどん近づいてくる。

『ヒ、オ、リ……ステキ、ナ、ナマエネ……』

　女はまるで母のように微笑みながら、娘の頰をそっと撫でた。途端、陽桜李の瞳から一筋の水滴が流れた。美春が初めて見た陽桜李の涙だった。

美春は涙に驚いて、ついに陽桜李の手を放してしまった。はっとした時には、陽桜李は女に抱き締められていた。

「お母様！　嗚呼お母様！　私、会いたかった！　ずっとずっと！」

号泣する陽桜李に、女がにやりと笑った。恋墨ではない。恋墨に化けた咒桜だ。

一瞬のうちに、女の手が伸びて黒くなった。嵐のように舞う墨色の花吹雪の中、女が陽桜李を樹に取り込もうとする。

「陽桜李────っ！」

美春が絶叫した時、一本の矢が陽桜李の背に刺さった。

さらに、もう一本、二本、と無数の矢が陽桜李の細い背中と、咒桜の樹に刺さった。

咒桜の黒い手が一気に消えた。恋墨に似た女の姿もなくなった。

矢の雨が注ぐ中、陽桜李の体が萎びた花弁のように、ぐにゃりと曲がった。黒髪が一本一本ふわりと舞い、恐ろしいほど美しく倒れた。

横たわった背からどんどん血が滲み出てくる。何本も刺さった矢は、最後に首に命中して、陽桜李は絶命した。

——寒い。寒くて堪らない。凍えそうに寒い。


美春が動けないでいると、誰かに腕を引っ張られた。眼界に天帝……否、父の正嗣が現れた。久しぶりに見た正嗣は随分と頬がこけ、病人のように痩せていた。

正嗣は美春の頬を思い切り叩いた。

「……美春。自分が何をしでかしたのか、思い知るのだな」

正嗣の背後には、弓矢を持った側近たちが控えている。今、一人の少女を殺害したとは思えない冷淡さで、正嗣は指示を出す。

側近たちが陽桜李の遺体に触れようとした。それが美春を覚醒させる。爪先からカッと血が上るように全身が熱くなった。

「やめろっ！　お前ら、お前らが！　陽桜李に触るなああ——っ！」

懐から式神人形を五体、取り出した。あっという間に召喚し、陽桜李の周りにいる側近を吹き飛ばす。陽桜李を守るように式神を周りに置き、美春は咒桜の前に立った。

「美春様！　どうか気を確かに！」

「此処で力を使ってはなりませぬ！」

「気を確かにしなければならないのは貴様らのほうだ！　大人数で女を殺して満足か!?」

「……美春、やめなさい。ほどほどにしないと天国の妻が悲しむ」

「天帝、お前が今、母上のことを口にするな！　この人殺し！　人殺し共！」

「あれが、どんな気持ちでお前の名をつけたか分かるか。〝美しい春〟——この上河の呪いが解けて、咒桜がただの桜に戻り、美しい春が訪れるようにと願った名だ」

美春は益々、激怒するばかりだった。

この男はいったい何を言っているのだろうか。こんな時に自分の名の由来を語って正義漢ぶっている。二度と父と呼びたくない悍ましい存在だ。

美春は近づく側近たちを、式神でどんどん遠くに飛ばした。美春の圧倒的な力のせいで、誰もが全く近寄れず、正嗣は頭をぐしゃぐしゃと掻く。

「美春！　身を削ってまで行うこちらの労力も分かれ！　いいか!?　桜の姫は、これで五体目だった！　中には人の原形を留めていないようなものもあった！　やっと生まれたと思ったら、また失敗作だ！　医者はこの体では一年ももたないと言った。私たちが殺さなくても陽桜李の寿命は、すぐに尽きたはずだ！」

「だから弱い者は殺してもいいと？　弱者はさっさと捨てて強者を作り直すと!?　そ

んなことが許されるわけがないだろうが！　陽桜李は生きていた！　母親に会いたいって、そんなに悪いことなのか!?　人の子として生まれたなら、母親が恋しいのは普通だろう!?」

「……美春、陽桜李は人ではない」

「うるさい！　うるさいうるさい！　お前がなんと言おうと、陽桜李は人だった！　どこにでもいる一人の少女だった――！」

喉が潰れるほど絶叫し、美春は泣いた。

すると、首元がちくりとした。一気に膝に力が入らなくなる。

曼陀羅華（まんだらげ）の毒を塗った吹矢が当たったのだ。美春は陽桜李の隣に横たわった。目が閉じそうになる前にどうにか腕を伸ばし、その小さく白い手を握り締めた。

七

春は終わりを告げた。

勘解由小路の屋敷にある母の桜は散り、泥と交じった花弁の毛氈（もうせん）ができていた。いくつもの春の花が散り積もり、陽桜李を埋葬してくれているかのようだった。

鶯が去り、美春はひと月の外出禁止となった。監視の目が強くなり、ほとんどの時間を自室で寝て過ごした。

美春は布団で、最後に陽桜李の小さな手を握り締めた時の心地ばかり思い出した。

涙川が屋敷から追放となった。美春に蔵の存在を教えた罪の責任を問われたのだ。

公表できない事実だからか、涙川が貴陽を去ったことは、少しばかり不名誉な尾鰭がついて瞬く間に広がった。侍に憧れる者たちが泣きながら、連日屋敷を訪れた。

ある日の晩飯の後。片付けに来た女中が神妙な顔で、文を置いていった。

――今夜、去る。門前にて話そう。別れ話ぐらいしたっていいだろう。　涙川
文を読んで、美春はやっと目が覚めた気がした。

涙川が追放されることを、今まで美春に伏せていた父親を恨んだ。

涙川は培った信用を最後に使い、監視の目を掻い潜って、美春の世話をする女中に文を渡したのだった。

美春は縁側に出た。夜闇に包まれた庭園の中、薄ぼんやりと提灯が浮かぶ。

門前で涙川が荷物片手に立っていた。長い間、勘解由小路家を陰から支えた男の見送りは、門衛の一人だけ。風呂敷包みが小さいのが、いかにも涙川らしい。

美春は草履を履いて縁側から下りた。

「涙川っ！」

美春にしてはか細い叫び声が、大きく響いた。

息を切らして庭を抜け、門へ行くと、涙川はいつもの飄々とした笑みを浮かべた。

門衛は事情を聞いているのか、ちらっと美春を目の端に留めながら、何も言わずに十数歩、離れた。監視はするが、二人だけで話す時をくれるというのだろう。

改めて対面すると、何を話せばいいのか分からなかった。涙川も同じようだった。

癖の強い髪をぐしゃぐしゃと掻いて、寂しげに笑う。

「……美春、すまなかった。辛い思いをさせたな。俺のしたことを許せとは言わん。ただ最後に謝りたかった。会いに来てくれて、ありがとう」

「俺は涙川がしたことが間違っていると思っていない。陽桜李と出会わせてくれて感謝する。あの娘を守りきれなかった自分が嫌なだけなんだ。だから、決めた」

美春は息を吸って姿勢を正した。涙川を真っ直ぐ見詰めて、目を潤ませた。

「俺は、陽桜李を生み直す。今度こそ完全体として。それが天帝の役目ならば、やってやる。大人になるまで静かにしているさ。でも、いつか権力を持ったら、好きにさせてもらう」

「……きっと、いつか時が解決する。俺のことも、陽桜李のことも忘れろ。そうすればきっと、立派な天帝になれるから」

「俺は変わらん。この悔恨は一生、消えない。呪いのように解けることはない」

「お前ほどの陰陽師でも解けない呪い、か。こりゃ参ったな。……ははは」

涙川は揶揄うように笑いながら、美春を胸元に引き寄せた。

俯いた涙川の目元は陰になっていて見えなかったが、憂いを感じた。美春はこれが最後の抱擁だと、涙川の広い背中を擦った。

「涙川、何処へ行く？　あてはあるのか？」

「上河へ渡る。我が一族の地を疎かにして、貴陽で太平に住み続けた罰なのかもしれぬと考えてな。それと、紅涙刀の在処も探そうと思う」

「――紅涙刀？」

涙川は、門衛に聞こえないよう耳打ちした。美春は目を見張りながらも、笑顔で見上げる。

「承知した。涙川、俺が大人になったら今度は――〝友〟になってくれ。俺は上河を救う。陽桜李の無念を晴らす。きっと、かならず、叶える」

夏の虫が鳴き、春が終わりを告げた夜だった。

桜はとうに散ったが、兇桜は散らない。

今もなお、黒々と咲き続けている。

八

「——陽桜李、陽桜李……！」

暗闇の中から自分の名を呼ぶ声がする。

ずっと長い夢を見ていた。父の美春の過去の夢を。

——琥珀お兄様、大和お兄様、涙川殿。……美春……否、お父様……。

眼界にぼやっと霞がかった風景が映った。見慣れた自室の天井と、陽桜李を覗き込む顔が浮かんだ。眠りながら泣いていたのか、目尻がかりかりに乾いている。

何度か瞬きすると、曖昧な景色がくっきりとしてくる。声を出す前に、大和が声を上げた。

「おい！　皆、陽桜李が！　陽桜李が目を覚ました！」

全員が一斉に陽桜李に近づいた。大和が「うおーっ！」と獣のように号泣するものだから、琥珀に「大和、静かに！　陽桜李の体に障るから！」と注意される。

陽桜李は顔しか自由に動かせず、左右を見ながら家族たちに微笑みかける。どうにか片手を持ち上げると、一番に誰かが手を取った。

美春だった。夢の思い出より老けてはいるが、その顔は変わらず美しい。左右の眉がくっつきそうなぐらい顔を顰めて、陽桜李の手を両手で掬った。

「――陽桜李……」

美春の呼ぶ声を、遙か昔に聞いた気がして泣きそうになる。胸が熱くて苦しくて切ない。美春の瞳は、いったい誰を見ているのか。

「……お父様。その陽桜李は、どの陽桜李ですか？」

その言葉に、ぴくっと反応したのは涙川だ。美春も何かに気づいたのか一瞬、陽桜李の手を放した。琥珀と大和は何のことか分からず、顔を見合わせる。

「父上、陽桜李の容態が……」

「いや、違う。これは……咒桜が何かを見せたのか」

美春の低く震える声が響く。

陽桜李は、まだ夢を見ている心地のまま続けた。

「私は、どの陽桜李ですか。私は何故、生まれたのですか。……ちゃんと、生まれ直せましたか……」

陽桜李は虚空に視線を彷徨わせ、ひたすら呟いた。琥珀が立ち上がり、医者を呼んだ。錯乱していると思ったらしい。

医者に体を診てもらううちに、陽桜李はまた睡魔に襲われた。今度は夢の一つも見なかった。

九

七日後。陽桜李は呪桜の前にいた。

吹雪のように黒い花弁が舞っている。陽桜李があんなに斬り刻んだ太い幹は、何もなかったかのように元に戻り、毒となる桜は咲き続けている。ただ、民を苦しめる瘴気が、陽桜李にだけは澄んだ空気のように心地好いのは変わらなかった。

あの日の、紅涙刀による呪桜の解呪は、失敗に終わった。

樹木から〝黒い何か〟が現れ、陽桜李を取り込もうとしたのを、美春たちが救助した。儀式は即座に中止となり、陽桜李は何日も昏々と眠り続けた。

話を聞いて驚いたのは、呪桜から現れた陽桜李と酷似した女は、周りの人たちには見えていなかったことだ。さらに貴陽の使者は〝紅涙刀で斬るのが正式な解呪法ではない〟と知っていたそうだ。にも拘わらず、陽桜李に紅涙刀を使わせた。これに美春は激怒した。自らの誤認も当然恥じたが、知っていて何も言わずに観察していた貴陽にも怒ったのだ。

当事者である陽桜李は、意外と平静だった。つくづく貴陽（あの国）は、咒桜の娘を実験対象としてしか見ていないらしい、とは思ったが。

今日、陽桜李は瓶子（へいし）を持ってきていた。中身は酒だ。咒桜の花弁の上に寝転がろうとし、思い直してその場で胡坐をかいた。

酒を盃（さかずき）に注ぐと、水面に黒い花弁が浮く。禍々（まがまが）しい花見酒だ。

――馬鹿たれ。馬鹿たれ、馬鹿たれ。どれだけの人を苦しませれば気が済むのか。

陽桜李は酒をぐいっと呷る。一瞬、喉が腫れたかのように熱くなったが、通り過ぎれば泡のように消える。間髪をいれずに二杯目を飲もうとして、

「――陽桜李、慣れぬことはするでない。酒なんぞ一時の現実逃避に過ぎぬ」

盃を持つ手を引かれる。見上げると涙川の影が落ちた。眉を下げる涙川の言うことを聞かず、幼子のように嫌々と首を振る。

「私、今日が初めてのお酒なの。大人になったのよ。だからどう飲もうが自由だわ」

「そうかい。じゃあ、俺もいただこうかね」

涙川はそのまま盃を受け取って、陽桜李の隣に座った。ふ、と口角を穏やかに緩めながら、酌を強請る。黒い花弁も気にしない。

黙って酒を注ぐと、涙川はぐっといい飲みっぷりで流し込んだ。

陽桜李は瓶子を擦りながら俯いた。

「……咒桜から現れたモノは、私に似た女だった。あれは〝前の陽桜李〟か、それとも別人だったのか……いまだに分からない」

「〝全て〟だろう。咒桜に憑いた女たちの怨念が、陽桜李の前に現れたのだ。咒桜を作った有翠、天帝に失敗作とされた陽桜李たち、あとは――」

涙川は急に沈黙する。陽桜李は何となく、とある真相を察して続けた。

「涙川殿、伺いたいことがあります。勘解由小路恋墨についてです。恋墨様は今、何処にいらっしゃいますか？　こんな事態に陥ったのだし、恋墨様の助力があればと思うの。貴陽の伝説の女武者と呼ばれた方なら、きっと大いなる力になる。師匠の涙川殿がまだ生きているなら、弟子の恋墨さんも生きているでしょう？　だから、今、何処にいるか教えてほしい」

「恋墨は死んだ」

それは、と陽桜李は詰め寄った。

「此処で、ですか？　……涙川殿、もう隠さないで。咒桜に〝とある女〟が取り込まれ、国は衰退したと聞いています。その女とは――恋墨様なのではないですか？」

頬を熱が走るのを感じながら、陽桜李は声を上げた。

涙川は顔を両手で覆った。それを見ても、陽桜李は追及をやめなかった。

「私が出会った女……涙川殿が言うように集合体であると思った。同時に、一人の女性にも見えた。恋墨様です。……上河と貴陽にいったい、何があったの？」

「恋墨は自害した。この咒桜から生まれた初代でありながら、死地に此処を選んだ」

「恋墨様が……咒桜の!?」

「有翠が造った最初の〝桜姫〟だ」

陽桜李は瓶子を落とした。思わず立ち上がったものの、膝の震えが止まらない。

「有翠はある意味、倫理観のない方術士だった。生んだ命はどうでもよかったのか、そのまま桜の下に捨てた。その恋墨を先代天帝の龍条がたまたま拾った。恋墨の美しさに惹かれた龍条は寵愛し続けたが、その愛は重かった。恋墨が愛した男を平気で殺すぐらいに。それに絶望した恋墨は——」

「生まれた場所で自害し、恋墨様を取り込んだ咒桜は、呪われた……？」

「それが——全ての始まりだった」

点と点が線で繋がった。何故、貴陽が隣国の上河に、そこまで執着していたのか。

全ては天帝一族、先代龍条の汚名を晴らすためだった。

先代の妻、恋墨が上河を呪ったと民が知れば、貴陽の士気は地に落ちる。そこで歴史は隠蔽され、縁者のみ知る真実に、美春と涙川はずっと苦しめられていた。

ならば——一層。一刻も早く、咒桜の呪いを解かねばならない。

これ以上、悲しい娘が生まれないためにも、陽桜李が終わらせねばならない。

陽桜李は放心して、地面にへたりと座り込んだ。〝桜姫〟という言葉の意味が、やっと分かったような気がした。その真の重みも。

耽羅（たんら）に行く前に、どうして全てを明かしてくれなかったのか。いや、あの大嵐の前では、知っていようがいまいが、どうしようもなかっただろう。

――これからだ。多くの犠牲を生んで、また、これから始まるんだ。

陽桜李は腰にある紅涙刀を、改めてぎゅっと握り締めた。

「……もう一つ、真実を告げねばならぬ」

涙川は潤んだ目を拭って陽桜李のほうを向いた。

「耽羅で一時、美春が力を失っただろう。真因を俺は知っている。分かるか？」

「……さっぱり」

「美春は、お主に恋をしておる」

――は？

声が出なかった。陽桜李は片頰を引き攣（つ）らせながら、涙川を見上げた。

「陰陽師の力が消えたのは、恋をしたせいだ。少女から成長し、一心に戦うお主の姿に、あれはかつての陽桜李の姿を重ねてたのだろう」

陽桜李は口を開く前に、片手を思いっきり上げて涙川の頰を叩いた。ぱしん！　と高い音が響く。

「耽羅でいったい幾つの命が消えたと思っているの？　それを、亡くなった守護団員のご家族の前で言えますか!?」

「言えないから、お主にだけ言っているのだ」

涙川は躱せるだろう平手を躱さなかった。その余裕も今の陽桜李には腹立たしい。けれど、感情はだんだんと行き場を失い、陽桜李は両手で顔を覆うしかなかった。

「――私に、どうしろって言うの」

怒りは後ろめたさの裏返しだ。陽桜李は、船で自覚した美春への邪な想いを反芻する。美春の心が嬉しいと口にしてしまったら、自分はいよいよ人でなしだろう。

消えた命に申し訳なく、ただやるせなかった。

呪桜の花弁で黒くなった地面が、闇のように陽桜李の両足を搦め捕っていた。

第五章

四人の侍

一

ざわざわとした人の話し声で目が覚めた。

窓から差し込む灰色の朝日に目を細めながら、悴む手足を擦る。羽織を着ながら起き上がり、赤くなった鼻をこすった。

冬が近い。上河にしては僅かに咲いていた庭園の草花も、一気に枯れた。雪が降り始めたら上河はいよいよ外に出られなくなる。去年の冬は家族全員、家に籠もりっぱなしだった。

ところで、と陽桜李は廊下に出る。朝からどうも家が騒がしい。音の源に近づいていくと大和の声が聞こえてきた。

「琥珀兄ぃ、どうするんだよ！　早く涙川殿に伝えないと！」

「分かった、分かっている。少し待ってくれ……」

「お兄様たち、どうなさったのですか？」

廊下で口論する兄たちに陽桜李は声を掛けた。見つかりたくなかったのか、二人は同時に「あっ」と口を開ける。陽桜李は羽織に包まれた肩を擦りながら返答を求める。

最近、彼らは陽桜李に頭が上がらなくなったそうだ。陽桜李が耽羅へ戦いに出たのと、呪桜の怨念から蘇ったからでもあるが、琥珀いわく「父のような風格が出てきた」そうだ。すれ違い様だと一瞬、美春と見間違えるらしい。大和は「親父が女になったみたいだ」と言う。

陽桜李は自分の成長を嫌悪していた。父への想いを知らない兄二人に悪気がないのは分かるが、指摘されるのは尤もで、自分でも鏡が見られないほどになっていた。

「寒い朝に目が覚めてしまったからには、教えないと許さないわよ」

「陽桜李の奴、いつも昼まで寝ているから起こされて機嫌が悪いな。……って冗談を言っている場合じゃねえ！　親父が、親父が！」

「お父様がどうしたのですか？」

「行方不明になった」

陽桜李はひゅっと息を呑んだ。行方不明。その言葉が、頭にがんがんと響く。

琥珀が手にした文を陽桜李に渡した。折り畳まれた紙を恐る恐る開く。

——全ての責任は自分にある。玉兎で有翠と会う。すまない、どうか元気で。

切羽詰まったような筆跡で書かれていた。陽桜李は文を琥珀に返した。

「琥珀お兄様、この文は何処にありましたか？」

「厨房に置いてあった。一番に僕が見つけやすいように置いたのだと思う。すぐに父上の部屋に行ったけれど、既にいなかった」

「寝る前にはいたはずだから、夜中に出たのかもしれない。今から追っても間に合うかどうか……とりあえず大和お兄様の言うように、涙川殿には知らせましょう」

「俺、涙川殿の家に行ってくる！」

突如、どんどん！　と外の戸を叩く音が響いた。三人は顔を見合わせる。

「なんだ？　こんな朝から」

「随分と騒がしい来客だね。僕が出よう」

「琥珀お兄様、私も行きます」

陽桜李は琥珀の後に続いた。訝しげに琥珀が戸を開けると、ずらっと人が並んでいた。琥珀は動揺し、咄嗟に陽桜李を守るように背中へ回した。

「……どなたです？　朝早くから、ご苦労様ですね」

「勘解由小路の琥珀殿でございますね。私たちは貴陽からの使者です。陽桜李殿は、そちらですか？」

「陽桜李は出せません。僕が代わりに聞きます」

「お兄様、いいわ。私が出ます」

妹思いの琥珀が警戒して守ってくれるが、何かあれば自分も戦える。陽桜李は「ありがとう」と微笑みながら前に出た。

「わざわざ貴陽からご足労いただき感謝いたします。勘解由小路陽桜李は私ですが、如何なさいましたか？」

陽桜李は長い髪を耳に掛けながら、一礼した。顔を上げた途端、先頭にいた貴陽の使者たちが沈黙した。いくつか息を呑む音がしたが、筆頭の使者は背後から「はようせんか！」と背を叩かれると話を続けた。

「貴陽天帝、勘解由小路正嗣（まさつぐ）様からの招待状を届けに参りました！　天帝は陽桜李様にお目に掛かりたいと以前から――」

「陽桜李に黙って、無駄に紅涙刀（こうるいとう）を使わせた天帝が、なんと白々しい」

陽桜李の後ろから冷ややかな声が投げかけられた。日頃穏やかな琥珀が怒りを露（あら）わにしているのを、陽桜李は苦笑しながら制した。

「今は、それどころではありません。父、美春の行方が分からないのです」

「美春様は天帝の命で玉兎へ向かわれました。先日、上河の更地化が決定いたしましたので」

「……なんですって？」

陽桜李の声色が低く変わった。

「上河は侵入禁止区域となります。人が住むのはおろか、如何なる事情でも立ち入りを禁じられます」

貴陽の使者は淡々と告げる。琥珀と陽桜李は顔を見合わせ、沈黙した。

二

庭園は紅葉に染まっていた。肌の皮が剝けそうなほどの貴陽の陽光を受け、赤と橙色が眼界に交互に交じる。秋にしては生温い風に葉が舞い、色とりどりに踊っていた。静寂に包まれた屋敷の門前で鹿威しの音が軽やかに聞こえる。池の水音が唄のようにさらさらと流れた。

陽桜李はまるで極楽のような場所に放心しかけるが、本来の目的を思い出してはっとする。気を引き締めなければ。此処は天帝の庭だ。

「――二十年ぶりだな」

涙川の苦々しい声が後ろからした。陽桜李が振り返ると、涙川は口角をへにゃっと曲げて面目なさそうにしていた。

あれから陽桜李たち三兄妹、そして涙川は、使者の船で貴陽に渡った。兄二人は貴陽の街で待機となったが、涙川のみ特別に、門前まで見送りの許可が下りた。

涙川は腕を組みながら物思いに耽っている。やがて、陽桜李の背を叩いた。

「あの天帝を説得できるのは、陽桜李しかいないのかもしれぬな。無理はせんでいいが、頼んだ」

「美春お父様のためなら、力を尽くします」

陽桜李と涙川は互いに頷いて、拳を突き合わせた。陽桜李はそのまま振り返ることなく門をくぐる。この世とあの世の境目のような気がして、陽桜李の胸は波打った。

正門から奥へ進み、中門が見える時点で人影が見えた。記憶にある人物に、陽桜李は一瞬、足を止めた。

「……驚いたわ。まさか貴女が第一側近だったとはね、〝女中頭のお辰(たつ)〟」

陽桜李は再会に微笑を浮かべたが、警戒心は解かなかった。目の前にいるのは、紅涙刀の儀式の日に陽桜李の身支度を手伝った女、辰だった。

辰は切れ長の目を狐(きつね)のように細めながら、一礼した。

「貴陽では龍の名がつくと出世しやすいようですわ。先代龍(りゅうじょう)条様に憧れてこの名をつけてくれた親に感謝しております、陽桜李様」

辰の深紅の唇が弧を描いた。

あの日、陽桜李を励ました辰は、女中頭だと言った。だが天帝の呼び出しに使者を送らせたのは、貴陽において女性初の第一側近、辰だったのだ。

　今はもう辰の心中は分からない。女でありながら第一側近まで上り詰めた者なら、手を汚すことも厭わなかっただろう。陽桜李が咒桜で瀕死になろうと、この女には関係のないこと。

「陽桜李様、ようこそお越しくださいました。あの時の約束を守ってくれて嬉しい。天帝も貴女との接見を心待ちにされています」

「〝あの時の約束を守ってくれて嬉しい〟……それだけは本心と受け取っておくわ」

「ここだけの話ですが、私は美春様より陽桜李様に天帝を継いでほしいと思っていますの。そのためでしたら現天帝を……ああ、言いすぎました。ともかく私は陽桜李様の味方です。〝同じ女〟として――ね」

　陽桜李は呆れて肩を竦める。腹の底が読めないが、辰の貼り付けたような笑みを気にしてもどうしようもないと考えた。

　陽桜李は辰に先導されて庭園を回った。朱塗りの橋を渡り、寝殿に向かう。

「ここから先は陽桜李様お一人で、と命じられています。では」

　辰は飛び石の前で去った。先には天帝の間がある。陽光と風が吹き抜ける蔀戸の奥に天帝がいるのだ。陽桜李はさすがに緊張して、歩を進めた。

　御簾をくぐると帳台があり、陽桜李は目前で「入ります」と声を掛けた。返答はない。紫色の帳をそっと捲り、中を見た。

天帝正嗣が仰向けで眠っていた。夢の記憶とは一変して、髪は白くなり頬は痩けて、手足はおそらく棒のように細い。

単なる老いではないと、陽桜李は感じた。天帝は陰陽師の力が弱いと聞いた。完全体の陽桜李が生まれるまで失敗したのも、異能力の強さによるのだろう。美春のように強くない者が、咒桜に手を出せば体中に毒が回る。

それでも、勘解由小路家は先代の汚名を晴らさねばならなかったのだ。

陽桜李はある意味、同情の息を吐いた。すると天帝が目を開けた。

「──陽桜李、来たか。嗚呼、どうか顔を見せておくれ」

正嗣の乾燥した青い唇が震えた。陽桜李は気持ちを抑えて、一歩後ろに引いた。

「私は家族ごっこをしに来たのではありません。天帝、貴方が美春様につけた傷は、それほど大きいのです。私が今、望んでいるのはただ一つ。上河の更地化を今すぐおやめください」

「はは、それができればいいが。老体の天帝など既に傀儡と化しておる。私に国を操る権勢は最早ない」

「実の息子を見捨てるのですか。では、私に守護団員を貸してしてください。有翠に立ち向かう戦力が要ります」

「できぬ」

　陽桜李は下唇を噛んで床に座り込む。帳越しに正嗣を睨んだが、嘘はついていないように見えた。

「呪いは——咒桜の娘、桜姫にしか解けぬ」

　天帝の呟きが、ぴんと張った糸のように聞こえた。

「お主は紛れもなく完全体の姫だ。禍々しい強さが、この間合いでも分かる。流石あの美春が作り出した娘。お主にとって守護団員は足手纏いになるだろう。どうしてもと言うなら、涙川を連れていけ。それで有翠は倒せる」

「また私を試すおつもりですか？」

「否、本音だ。恋墨義母様（こずみかあさま）でも成せなかった有翠打倒だが、お主ならきっと……さすれば天帝の地位はお主が」

「地位に興味はありません。でも美春お父様を助け出せるのなら——」

　陽桜李は立ち上がりながら、腰にある紅涙刀を握る。

「私が必ず、上河（我が国）の呪いを解いてみせます」

　最後に微笑みながら、陽桜李は正嗣の顔を覗き込んだ。皺だらけの手にそっと触れると、老いて乾いた目尻から一筋の涙が零れた。

三

朽葉色の平原で草の波と共に髪を靡かせる。

何処までも青く広がる空の下、陽桜李は耽羅の島を思い出していた。あちこちに置かれた石像のような石に、海の如く美しい平原。厩舎にいる馬が何頭か野に放たれて、心地好さそうにしている。

陽桜李は今、玉兎を訪れていた。


「玉兎に向かわれるのですね」

天帝との面会を終えると、辰が門前で待っていた。

「今、貴陽で天帝の味方は私のみ。玉兎のとあるところへお連れしましょう。きっと陽桜李様のお役に立てるはずですわ」

辿り着いたのは玉兎の僻地。質素な民家と畑がこぢんまりとある。老人や女子供が多く、民はごく穏やかで、皆が笑顔で助け合う村だった。

「此処は、私が作った〝元有翠教団員の避難所〟です」

景色を眺める陽桜李の背後で、辰が説明した。玉兎に行く前に話は聞いていたが、目の当たりにすると、使命や裏工作の奥にある、辰の確かな善意が感じられた。

「一度、教団に入ってしまうと逃げられなくなる教団員が大多数です。避難所に辿り着く前に追われて命が奪われる者もいますわ。玉兎は天帝が崩御してから完全に有翠に支配されています」

「じゃあ……あそこに有翠はいるのね」

陽桜李は平原から、中央に見える城のような赤い建物を指さした。明らかに教団の根城にしか見えない派手さであった。

「と、思うでしょう。あれは張りぼてです。有翠の屋敷は、平原を越えた森の先に。此処からでも少し見えるでしょう」

辰は平原の奥のほうを示した。建物も何もなく、ただ抜けるような青空しかない。晴れ晴れとした空の下に、闇と見紛うような森林があった。

「有翠の屋敷は幹部以外、誰も知りません。術で隠しているのです。我々も何度か調査しましたが、辿り着いた者はいませんでした。けれど、美春様や陽桜李様なら、もしかしたら――」

「お辰、馬と武器がある厩舎へ案内して。そこに〝みんな〟もいるのでしょう」

陽桜李が告げると、辰が苦笑した。

平原を歩くと草花がくすぐるように足首を撫で、陽桜李は厩舎へと向かった。近づくにつれ、獣の強い臭いがする。野生の馬を入れるだけの、木の屋根が雨で腐りかけた小さな厩舎だ。

中に入ると陽桜李が見知った顔があった。涙川、琥珀、大和の三人だ。

「──陽桜李っ！」

全員が振り返って名を呼んだ。陽桜李は瞬時に頭を下げた。

「皆、ごめんなさい。私、お祖父様を説得できなかった。病気で力がないのだって」

「話は聞いておる。でも、この辰殿が力を貸してくれると」

涙川に、隠しきれない憧れをにじませて辰が微笑む。

「微々たるものですが、それでも宜しければ」

「いんや、心強いさ。陽桜李、あまり自分を責めるな」

涙川は陽桜李の背を叩いた。陽桜李はふと、二人の兄を見上げる。

「琥珀お兄様、大和お兄様も、いいの？　一緒に来てくれるの？」

すると、二人は力強く頷いた。

「大和と話し合ったんだ」

「陽桜李。これから先、何があろうとも──進め。兄だけじゃなく涙川殿も、もし三人が皆、力尽きたとしても、陽桜李だけは生きろ」

黙っているのは肯定になると思い、陽桜李はすぐに首を横に振った。

「それなら一人で行く！　お兄様や涙川殿を失うなんて絶対に嫌！」

「それはできぬ。辰殿、〝有翠の式神〟について話してくれ」

涙川の指示に、辰は頷くと陽桜李に向き合った。

「森の中には有翠の式神がいます。中でも三大式神は難儀です。かつて東国の陰陽師は式神を使うのに長け、雑用をさせていたのは有名な話ですが……有翠の式神は、その第一級陰陽師が使役するものと同じ。人間と変わらない出来です。感情を持ち、自由に動き回り、人以上の力で、人をも殺せます」

「森に有翠だけでなく、他に三体も戦力があるのならば、俺たちが囮になって戦わねば先へ進めないだろう」

陽桜李は美春の式神を思い出す。美春も第一級の陰陽師と名高いが、式神は長く保たず使い捨てだ。能面のような顔の人影は、ときに戦うこともある。だが人を殺すことは許されない。あの式神が人と変わらないかといえば、そうではない。人ならざる者だと確かに感じる。だが、有翠の式神は違うのか――。

「皆様、玉兎までの旅でお疲れでしょう。急がば回れ。一晩休んでくださいませ。寝床は用意してありますわ」

辰がまたあの摑みどころのない笑みで場を仕切る。頭の整理がつかない今は助かった。

父の行方が分からないだけでも不安なのに、家族の戦死なんて考えたくはない。自分の命には痛覚が鈍いのに、大切な人のことでは、こんなに聞き分けがなくなる。

陽桜李は襟をぎゅっと握り締め、ひたすら俯くしかなかった。

四

黄昏(たそがれ)が夜に変わった。月明かりが草原に淡い光を落とし、小麦色から白色に変化する。上河と違って草木がある分、虫の声が多く合唱のように鳴り響く。

晩飯後、陽桜李は避難所で用意された民家にいた。普段は傷痍者の病室になっているという臥榻(がとう)に横になったが、眠れなかった。

涙川はまだしも、琥珀と大和が戦地に赴くことが納得できない。けれど、自分は天帝に守護団員の派遣要請ができなかった。耽羅での任務失敗からして、もう貴陽に信用されていないのだろう。団員の命を預けられる相手だと認められていないのだ。当然のことだが、だからといって、家族をこんな目に遭わせなければならないとは。

陽桜李は恐ろしくなって、臥榻の上で蹲る。きっと耽羅の船で死んだ者の遺族も、こんな気持ちだったのだ。今になって実感するとは何と傲慢なのだろう。

——罰だ。これは罰だ。試練なのだ。

眠ろうと目を瞑れば、共に船出した守護団員の笑顔が浮かぶ。

どうして戦わねばならないのだろう。でも戦わなければ国が滅んで父が死ぬ。

——全部、私一人で戦えればいいのに。

耽羅へ向かう船での刀の知覚を今でも思い出す。教団員の胸に突き刺した刀から伝わる心臓の音。顔や髪に掛かる血。人の命が尽きた刹那、覚えた快感。

涙川によると、陽桜李は獣で、侍の戦い方ではないそうだ。家族は死んでほしくないのに、敵はいくら殺しても構わない。この矛盾が獣たる所以(ゆえん)かもしれない。

扉を叩く音で、陽桜李は現実に引き戻された。

「僕だよ。よかったら少し話をしないか？」

琥珀の丸い声に、一瞬にして胸の音が静まる。

泣きそうな気分で陽桜李が戸を開けると、琥珀が、にこりと笑みを浮かべていた。

「……気晴らしに外の風に当たろうか。羽織を持っておいで」

琥珀は声の調子を変えずに伝えた。陽桜李は臥榻に置いた羽織を被って、琥珀と共に民家の外に出た。

秋風が汗ばんだ体を乾かす。夕日に焼かれた三日月は茜(あかね)色に染まり、白刃のような形が刀の切っ先の血を彷彿とさせる。二人は何とはなしに歩きながら、避難所から少し離れた平原にある木陰に向かった。木の下にあった岩に座ると、琥珀が首を傾げながら顔を覗き込んできた。

「陽桜李、平気？」

「……あまり平気ではないかも」

「だろうねえ。その顔を見ると、ははは」

「気づかれていた？」

「小さい時の陽桜李を思い出したよ。父上に厳しくされてまだ少し泣き虫だった頃の陽桜李をね」

「琥珀お兄様たちがいけないんだわ。自分たちが死んでも生きろなんて言うから」

陽桜李は地面に向かって呟く。爪先で小石をどけると、鈴虫の死体があってはっとする。既に誰かに潰されて白い腸が飛び出ていた。

「……どうして人は死ぬのかしら」

陽桜李は死んだ鈴虫を見詰めながら、もっと小声になった。

「私は不死ではないけれど、たぶん不老だから、皆より壮健だし寿命が長いのでしょうね。きっと皆、いつかいなくなって私は孤独になる。そんな大変なことに今まで気づかなかったなんて、なんて愚かなのかしら」

「陽桜李は独りぼっちじゃないよ。僕たちがいなくなっても、きっとまた大切な人ができる」

「だからそういうこと言わないで！　いなくなるとか、死ぬとか、そういうことを気軽に言わないでよ！」

「でも、僕たちは死ぬよ、いつか」

陽桜李は下唇を噛みしめながら顔を上げた。琥珀を引っ叩きたくなったが、兄の雪のような白い肌を見ると汚れた気持ちになる。それでも言いたいことは叫んだ。

「前に〝陽桜李の代わりはいない〟って言ってくれたのは琥珀お兄様でしょう？　そしたら私だってそうよ！　琥珀お兄様の代わりは誰もいない！　なのに、どうしてお兄様たちは、まるで代わりはいくらでもいるみたいな話ばかりするの!?」

ついに陽桜李は両手で顔を覆った。指の隙間から涙が流れてくる。

「いなくならないで、私を置いていかないで！　琥珀お兄様がいなくなったら、どうやって生きていけばいいか分からない！　私と共にずっと生きてよ！」

陽桜李は小さな子供のようになって琥珀に抱きついた。兄の胸元を涙と洟で濡らすのも構わず号泣した。

「死なんて、死なんてなければいいのに！　ああ、うわああ！」

「そうだね、僕も同じことを思う。怖いし、悲しいよね」

「琥珀お兄様、ずっとそばにいて。死なないで。琥珀お兄様は私をずっと守ってくれた。味方でいてくれた。大好きよ、お兄様」

「……僕も、陽桜李が大好きだよ」

琥珀が少し屈んで、陽桜李の背中に手を回した。言葉数が少なくなると同時に、琥珀から吃逆のような音がした。琥珀が泣いている。

——私と同じことを思っているんだ。感情を剝き出しにしないだけで。

それに気づくと涙は止まるどころか、もっと溢れてきた。


『美しい兄妹愛ね』


唐突に、声がした。

陽桜李の涙がぴたりと止んだ。琥珀の胸元に顔を埋めながら耳を澄ませた。

『とてもとても、美しいわ……』

女のぬるりとした声が、はっきりと聞こえた。この声には聞き覚えがある。

——〝そんなもの〟で、私の術が破れると思った？

紅涙刀で咒桜を斬った時に現れた女の声と、同じものだった。

五

翌朝。

朝日が昇り、平原は朽葉色に輝き始めた。

平原を横目に、陽桜李は獣の匂いを辿って避難所の小径を歩いていた。行く先は厩舎だ。入口で首を傾げて覗くと、まだ中には誰もいなかった。陽桜李は中に入って馬を眺めた。

まさに田舎の馬だ。貴陽から支給されるような上等な馬はいないだろう。目に覇気がなく、どこか冴(さ)えない顔をしている。すると、頬にべたりとした感触があった。

「ひゃっ!」

陽桜李は驚いて両肩を上げた。横を見ると芦毛(あしげ)の馬が長い舌を出していた。ぼうっとしていると、再び陽桜李の頬をぺろっと舐めた。

「懐っこいのね、あなた……」

陽桜李は笑いながら、馬の頭をそっと撫でる。

「あ、陽桜李様。どうも、おはようございます。見学ですか？」

避難所で唯一の厩務員が、頭を下げてやってきた。陽桜李も手を振って挨拶する。

芦毛の馬が「ばふん！」と勢いよく鼻を鳴らした。

「お前に役目はないぞ。不憫ではあるが」

「この子、何か問題があるの？」

「ああ、こいつは親が芦毛だったんですが、体が弱くて、子を産んですぐ死んだのです。芦毛は生まれつき弱い馬が多いんですよ。戦には向いていない。ええと……こちらの馬がお勧めですよ。見てください、この艶やかな青毛。体も壮健です」

厩務員は青毛の美しい馬を指差した。大人しく、厩務員の言葉通り強い馬なのだろう。が、芦毛の馬が抗議するように「ふんふん」と鼻息を荒くしている。

「こら！　静かにしろ。まったく、今日に限って、うるさいなあ」

「……私、この子にするわ」

陽桜李は芦毛の鼻に抱きついた。馬は嬉しそうにぺろぺろと舌を出す。

「ええ！　そいつにするのですか！」

「障礙は関係ない、戦いたい、って言っているようだわ。名前はなんて言うの？」

「白雪と言います」

両手が白雪の唾だらけになったが、陽桜李は構わず撫でた。汚れることを厭わない陽桜李に厩務員は「変わってますな」と呟いた。

「おお、いいじゃないか。芦毛は、なんたって〝美人が多い〟ぞ」

軽やかな声に陽桜李は振り返る。起き抜けで髪が乱れたままの涙川が顔を出した。

「芦毛は牡か。青毛は牝……。俺は青毛にしよう」

「呆れた。男の人って馬まで女かどうか気にするの？」

「仲良くしとけば、いつか馬が美女に変身して、恩返ししてくれるかもしれぬ」

「ばっかじゃないの。涙川殿って四十五歳でしたっけ？　いいひとはいないの？　私に恋を説いたりしているくせに」

「いつ死ぬか分からなかったから、そんな相手作ろうとも思わなかったな」

「じゃあ、この戦いが終わったらお見合いしましょうよ」

「俺は――」

涙川は言い淀んだ。どうしたのかと、陽桜李は白雪を撫でるのを止めた。涙川の表情が見えなくて下から覗き込む。

「涙川殿？」

すると、陽桜李はふわりと胸元に抱き寄せられた。髪が涙川の指先に触れる。

――なんだろう、これは。

涙川がはっとした顔をした。陽桜李を突き放し、乾いた笑みを浮かべる。

「そうだな。強い女にばかり囲まれていたから、穏やかな美人でも見つけるか」

「なんですって？」

「怖い怖い」

いつもと変わらない涙川に戻っていた。

馬に乗せてもらおうと掃除している厩務員を振り返るが、もう姿がなかった。厩舎の前に避難所の民が何人かいるのを見て、陽桜李は外に出た。

「どうしたのですか？」

陽桜李が声を掛けると、さっきの厩務員がいた。表情が暗い。

「あっ、陽桜李様、そ、それが避難所でまた……」

「遺体が上がったんです。森の近くで見つかりました。辰様が、陽桜李様と涙川様を呼んでほしいと――」

避難所の民が震える声で陽桜李に伝えた。

六

陽桜李が避難所に戻ると、人が多く集まっていた。

陽桜李たちが寝泊まりしている民家の前に辰がいる。地面には藁が被さって、丸く盛り上がる物体が間隔をあけて置いてある。数えると四体ほどだ。

「遺体の数が多いですね。戦場でもない、こんなところにしては」

陽桜李が声をかけると、辰がすぐに報告を始めた。

「有翠の屋敷へ行っていた貴陽の守護団員です。一人はまだ息があったので病室にいますが、明日までもつかどうか。定期的に調査に行かせていますが、ここ最近は無事に帰ってきた者が少ないのです」

「これも、例の有翠の式神の仕業？」

「ここまでくると最早、式神が森を支配していると言っていいですわね」

辰は「はあ」と思わず声を出しながら、大きく息を吐いた。さすがの辰も部下の無残な死に動揺を隠せていない。

「陽桜李様、病室の生存者が、有翠から文を預かっていました。文を貰うなど今までになかったこと。それにこの文……陽桜李様宛てなのです」

辰は懐から紙を出す。渡されたのは矢文のように結ばれた小さな紙片だ。

民家から、傷痍者の搬送の手伝いをしていた涙川と大和が出てきた。琥珀の姿がなくて陽桜李は辺りを見渡す。

「二人ともお疲れ様。琥珀お兄様は？」

「琥珀兄ぃは治療中。医学に詳しいから、避難所の医者が手放そうとしないんだ」

「そうだった。お兄様、武官学校では武術だけじゃなく勉学も首席だったわ」

「それでそっちは？　何かあったか？」

「私、有翠からお手紙を貰ったようだわ」

陽桜李は鼻で笑いながら伝えた。二人が驚きの声を上げる前に、陽桜李は結ばれた文を解いて、折り目のついた紙を広げた。

白紙だった。裏返しても何も書かれていない。ふざけているのだろうか。

すると、紙の上で風がふわりと膨らんだ。大和が「わ！」と声を上げて後ずさりする。紙が地面に落ちると、人が現れた。

蝶の柄の着物、深紅の艶やかな唇。桜の派手な簪に、細長の整った目。そして漆黒の長髪。美しい女が、陽桜李を見詰めていた。

『陽桜李様、初めまして。私は——有翠と申します』

騒いでいた大和は言葉に詰まる。それからこう言い放った。

「こいつが有翠？　こんな……まるで〝陽桜李そのもの〟だぞ！」

大和が交互に有翠と陽桜李を見比べた。大和の言いたいことは、よく分かる。陽桜李も有翠を見て、蘇る記憶があった。

——〝そんなもの〟で、私の術が破れると思った？

いまだに胸に木霊(こだま)する声。それと同じであったし、風貌も酷似していた。

——儀式の時、私を襲ったのは、やはり有翠(こいつ)だったか。

陽桜李は紅涙刀を抜いた。刀を振り上げ頭上から斬った。だが、有翠はまるで霊のように、体に触れることができない。

「何これ。紙に術をかけて、有翠が喋っている？」

「恐らくな。有翠ならこのぐらい容易だろう」

『お褒めいただき光栄。陽桜李様の仰る通り、術で自分を映し出しております』

「嫌みが通じとらんな」

涙川の声が低くなるが、有翠は目だけで笑った。陽桜李は下唇を噛みながら、対話を続けた。

「それで？　私に何の用？」

『この度、陽桜李様に——戦いの申し出をいたします』

暑くもないのに全身からぶわっと汗が滲み出る。陽桜李は有翠本体にも届くように強く睨み付ける。有翠はものともせずに、両手を広げた。

『戦いの条件は〝何でもあり〟です。まず、私の式神を倒してくださいな』

有翠は片手を頬に当てて、また目だけで微笑む。まるで小さい子が、新しい遊びを思いついたような言い草だ。

『森の中に私の屋敷があります。式神を倒せば案内いたしますわ。開始は明日の朝。如何でしょう？』

「望むところよ」

『即答でいいんですの？　返答の文を届ける教団員を、避難所の近くに用意していますよ』

「そいつも今すぐ、殺してやる」

『乱暴ねえ。でも、勝ち気な女の子、私は好きですよ。玉兎の女はお淑(しと)やかな子ばかりで、飽きていましたから、ねえ』

「あんたの性格が悪すぎるんだわ。……美春お父様が、屋敷にいるのでしょう?」

問いに有翠は沈黙した。矢継ぎ早の会話がいきなり途切れたのが答えだった。

「美春お父様はあんたに会いに行った。そして戻ってこない。なのにあんたは今、生きている。……お父様を屋敷に捕らえているんだわ」

『ふふふ、そうだったら、どうします? そもそも生きている保証が、どこにあるんですの?』

「娘の勘よ。お父様は死んでない! あんたに特別な能力があるなら、こちとら野生の勘よ! そっちが引き籠もっていた間に、太陽の光を浴びて培った力が、こっちには、ある!」

陽桜李は唾を飛ばしながら、激しく叫んだ。女らしくなくていい。負けたくない。たくさんの人を地獄に落とし苦しませた女に、負けるものか。

『ふふふ、あはは! いやだ、もう。笑わせないでちょうだい! はははは!』

有翠は笑う。ずっと動いてなかった口端が上がり、大声で笑っていた。目尻に涙を溜め、痛そうに脇腹を擦った。

『……よいでしょう。〝娘の勘〟とやらを証明するためにも、ぜひ私の屋敷に招待したいですわ。どうぞ、ご武運を』

有翠の姿は、霧のように消えた。

七

手綱を握ると、白雪が高く嘶く。

蹄で大地を蹴り上げ、宙に浮く。暴れているのではなく、気合いを入れていると分かったから、陽桜李は体を離さなかった。

試しに馬の腹を蹴ると、一気に平原を駆けた。玉兎の柔らかな風が、顔面に突き刺さるように当たる。陽桜李は瞬きもせず白雪と走る。

有翠の文が届いた翌朝、よく眠れなくて目が冴えていた。そこで、陽が昇る前に厩務員を起こし、白雪に騎乗させてもらったのだ。厩舎から大分離れてしまった。

「白雪は風のように走るのね。芦毛だからって、弱くなんかないわ。ぎゃふんと言わせてやりなさい！」

鬣を撫でると、白雪は喜んで鼻息を荒くした。

夜の闇が静かに消え、平原は朝日に包まれた。空を白く捏ねたように広がる陽光に、陽桜李は目を細めた。光の風に吹かれ、額の汗を乾かしながら、また白雪を走らせ、鍛錬を続けた。

途中で木陰に寄ると、先客がいた。

珍しい金色の髪をした若い男だった。まず目に入ったのは男の腰にある刀だ。

陽桜李はそっと隣に座りながら、小筒の水を飲んだ。

「美しい走りでしたねえ、お嬢さん」

「ありがとう。貴方も避難所の人かしら。それは刀よね？　もしかして……侍？」

「侍、ねえ。どうでしょう。私は浪人と言うのでしょうか」

浪人、と陽桜李は口の中で呟いた。かつて美春から聞いたことを思い返した。まさか玉兎でも涙川以外の侍を拝めるとは思わなかった。

「私は元々人形師の家系で、人形を作るほうが好きなのですが、どうやら戦いの才能もあったようで、東国の戦に出ることになりました」

「人形師ということは、手先が器用なのね。なのに剣捌きも上手いとは羨ましいわ」

陽桜李は手先が不器用で、家事は少しもできなかったのを思い出して苦笑する。

勘解由小路家では家事は琥珀にほとんど任せきりだったことから、男子に手先が器用な者が多いと実感してもいる。

「お名前は？」

「はは……名乗る者でもありませんが——紫苑(しおん)と申します」

「なんだか名前も雅(みやび)ね」

「陽桜李様には負けます」

「私を知っているの？」

「それはもちろん。玉兎でも有名ですので」

紫苑は三日月のような笑みを浮かべたまま、休憩を終えた。では、と挨拶して木陰から離れる。陽桜李は紫苑の背中を見詰めながら、顎を擦った。避難所にも侍がいたのなら、あの人も戦力に加えられればよかったかもしれない、と。


太陽が昇りきった時刻、厩舎の前に馬が何頭か出てきた。見知った人影が現れ、陽桜李は満面の笑みで近づいた。

「涙川殿、琥珀お兄様、おはようございます」

「陽桜李、朝から精が出るな。ちゃんと眠れたのか？」

「私はこんな身ですから多少寝ていなくても平気よ。皆は？」

「って僕たちもそんなに熟睡できたかというと……ね？」

騎乗した琥珀が頭を掻きながら、陽桜李の後ろに回った。

どこか琥珀に似た穏やかそうな栗毛（くりげ）の馬が、返答するように鼻を鳴らした。白雪がくんくんと匂いを嗅ぎながら琥珀の馬の鼻を突っつく。「こら」と陽桜李が白雪を有めるが、琥珀の馬はびくともせず大人しかった。

これだけ落ち着いた馬なら戦闘でも優秀だろう。陽桜李は安堵する。

大和が「おーい！」と手を振りながら、馬を走らせていた平原から戻ってくる。武官学校で慣れている様子で、こちらも心配はなさそうだった。

全員揃って避難所の民に見送られながら、有翠のいる森へ向かった。

「皆様、どうかご武運を。陽桜李様たちなら必ず有翠の屋敷を見つけ出せる、そんな気がするのです」

辰が微笑しながら一礼する。先頭の涙川が抜刀をした手を挙げると、どっと歓声が上がった。同時に馬の手綱が打たれた。

森に入る前に、涙川がすっと息を吸った。

「命令。——全員、死ぬな！」

全員が頷いて馬を走らせる。夜より深い、暗闇の森へ入っていった。

八

森は氷が張ったように冷たかった。漆の如く黒い木々が、日の光を覆っている。

白雪の芦毛が意外と目印になった。陽桜李が先頭に立って、暗い森を光らせる。

「森を抜けるには数日。山越えと同じと考えてよい」

走りながら涙川が忠告する。話を聞きながら、陽桜李は白雪を止めた。

目の前が突如、煙に巻かれたように青くなる。真後ろにいるはずの涙川たちが、ふと見えなくなった。

——霧だ。霧といっても妙な青色をしている。

「青い霧？　昨日は雨も降っていないのに……」

陽桜李の呟きが霧に消えると、前方から馬に乗った人影が次々に現れた。

「敵の襲撃だ！　皆、刀を抜け！」

涙川の声に陽桜李たちは抜刀した。同時に目の前に敵が迫ってきた。

陽桜李が刀を構えるより先に涙川が前に出て、相手の首を斬った。影は声もなく落馬し、首がぽとりと地面に落ちた。

陽桜李は訝しんだ。随分と力のない敵だ。有翠が用意したにしては、弱い。

放心しかけたが、両頬をばちん、と叩く。刀を真横に薙いで、次々と首を落としていく。一通り斬り終えると、陽桜李はやはり首を傾げた。

「ねえ、この敵、おかしいわ。刀に……血がついていない」

陽桜李は刃を見た。人を斬れば、刃はおろか顔や服にも血が飛ぶ。しかし刃は光っていて、透き通った水のような粘液がついているだけだ。

他の皆も気づいたようで、眉を顰めながら顔を合わせる。陽桜李は下馬して遺体を確かめようとした。湿った足下の地面で、ぐち、ぐちゃ、と泥が潰れる音がした。

陽桜李は白い息を吐きながら遺体に近づいた。バラバラになった腕を取る。触ると明らかに木でできた作り物だった。腕を持ったまま、落ちている首に近づく。

白磁の如き生首は、髪の長い女だ。どれも小さく、中には嬰児ではないかと思うようなものもあった。男の首もあるが、守護団員にしては人相が様々だ。

「これは本物の首……もしかすると、死体の一部を作り物の人形と繋げている？」

「じゃあ、俺らが今、斬ったのは、人じゃなくて人形？」

「でも、どうやって人間みたいに動かしているのでしょうか」

幽霊などの類いが不得意な大和は青ざめ、琥珀は冷静に涙川に問う。

「恐らくこれも有翠の術の一つ。守護団員が戻れなくなった理由だろう。しかし遺体を弄ぶなど……有翠は人の道理を外れておるな。同調する者が多くいるのか」

見上げると、鴉（からす）の大群が飛んでいた。があがあ——と耳を汚す鳴き声が姦（かしま）しい。

『お姉ちゃん。あたしと遊ぼうぅ』

幼い声がして、陽桜李は我に返った。

「……なんだ、これは……」

涙川が呻いた。余所見をしていた間に、陽桜李たちの頭上には、何体もの死体人形がぶら下がっていた。操り人形のような糸を垂らし、木の枝に繫がっている。

いつ、こんな仕掛けを？　――否、霧で隠れていただけで、初めから。

陽桜李がぞっとしていると、

「まずい、陽桜李！　早く馬に乗れ！」

涙川の声は遅かった。背後を取られた。

横目で見れば、いつの間にか人形の群れが陽桜李の両腕を摑んでいた。刀を抜こうとしたが、どれだけ力を入れても動かない。

「う、はあ、いやあ！　誰か、助けて、たす……」

陽桜李は叫ぶが、人形の手に口を塞がれた。

『お姉ちゃんは、あたしと遊ぶのよ……』

また、可憐な声が耳をくすぐった。風景が霧で見えなくなり、陽桜李はされるがまま、人形に引き摺られていく。土に擦られて踵が痛い。血が出ているかもしれない。

涙川たちの声が全くしなくなるところまで連れていかれると、人形が止まった。両腕を押さえつけられたまま、陽桜李は顔を上げる。

「……ふふふ」

童女がいた。癖毛が肩まで伸び、緑の瞳がくりくりとしている。まさに人形のような愛らしい少女だった。

　歌いながら、何かを手繰っている。何をしているのだろう。陽桜李は状況を理解して、さっと血の気が引く。

　少女は人の腹から腸を引きずり出していた。乱暴に振り回す度、血まみれの人の口から「うう……」と呻き声が零れる。

「何をやっているの!?」

「人間楽器っていうんだって。臓器を押して声を出させるのよ」

「有翠が貴女に命令しているの？」

「そう思う？　〝女の子がこんなことするわけない、女らしくない〟って。女の子は身も心も綺麗なはずで、残酷で汚いものとは無縁だって。そう思ってるんでしょ？」

　少女が腸を押し潰すと、ぷちん、と何かが切れた音がした。弄ばれた体が「うっ」と呻いて何も喋らなくなる。死んだのか。少女は真っ赤な手を擦り合わせ、つまらなそうに遺体を蹴る。

「やっぱり人間楽器は難しいわ」

　呟くと、遺体の頭を軽く切り落とし、蹴鞠（けまり）のように飛ばした。

　陽桜李は沈黙する。少女は構わず振り向くと、満面の笑みを浮かべた。

「ね、お姉ちゃん。柚子（ゆず）と遊びましょう！」

「……貴女の名前？　まさか、式神の一人って……」

「そうよ！　お姉ちゃんが殺さなきゃいけない式神！　それは、あたし！」

柚子は血のついた指先で陽桜李の頬を撫でた。青と緑が混じった柚子の瞳が、霧の中できらりと光った。この少女が式神とは、と陽桜李は愕然とする。しかも人間をこうまで無惨に殺していたなんて。

「でもお姉ちゃん、ぜーんぜん主役じゃないから、平気かな」

「どういう意味？」

「うーん、単なるあたしの感想？　偽善まみれ！　いきあたりばったりで動いている！　まるで、脈略がない！　悪者を倒す主人公には見えないわ。そんな人に正義を問われてもね。んで、人を殺しているくせに、人を殺すなって言うんだ？　じゃ、これから牛とか豚は食べないでね。偽善者！」

柚子の珠（たま）のような瞳に、全て見透かされている気がした。

ただ、どこか根本的におかしい。人としての倫理観がない。……いや、式神に人道を問うのが無意味なのか。それでも……柚子は確かに人の形をして、感情を持っている。この幼女が人ではないというなら、自分だってそうだし。

陽桜李は、混乱する思考を断ち切るように続けた。

「私は、父親を助けたいのよ」

「父親？　お父さん？　ふふふ……お父さん！　そうね、それは大切ね！　一家の柱だし、お金をくれるし、いなくなったら困るものね！」

「そういう意味じゃない。分からないの？　愛する家族よ。大切な絆があるの。失いたくない人なのよ」

「うわ！　きっもちわるい！〝絆〟だって！　久しぶりに聞いた伝説の言葉！　まあいいわ。お姉ちゃん少し面白そうだし、あたしと遊んでくれたら解放してあげる」

「……何をしたらいいの？」

「遊び！　あたしと家族ごっこしてよ」

柚子は笑いながら両手を広げる。陽桜李を押さえつけていた人形が離れ、両腕が自由になった。

「あたし、お母さんがいないの。だから、陽桜李お姉ちゃんがお母さんになって」

「……有翠は、母親ではないの？」

「んー、有翠様はお父さんって感じだな。姫ではなく、王ね」

「それは、意外だわ」

ぼんやりと聞き流しながら、両足を支える。落ち着いて呼吸しようと、鼻から思いきり息を吸った。すると遺体の悪臭で目眩がした。どうにか気を失わないように、地面に生えた雑草を摑む。

「お姉ちゃん、否、お母さん。柚子を膝枕して」

「……こう？」

そのまま端座して膝の上をそっと叩いた。両爪に血の混じった泥が入っていた。柚子は、ばふっと勢いよく陽桜李の膝に寝転がる。猫のように気持ちよさそうに、ごろごろ喉を鳴らしながら目を瞑った。

「お母さん、頭撫でて。なでなでしてぇ」

「……それだけでいいの？」

「早く、なでなで、して！」

柚子は甘えるような声で陽桜李に強請る。どこから見ても実に可愛らしい姿で、さっきの残虐な行為をしていた者と同一人物とは思えない。

蛍光めいた青い霧に包まれ、血と腐臭が充満する場所には似つかわしくないとても微笑ましい光景。死で作られた人形の首が、笑いながら二人を囲んでいた。

――今なら、殺せる。

陽桜李はそっと紅涙刀に手を伸ばした。

「……今なら殺せる、とでも思った？」

瞼を閉じたまま、柚子が明るく言った。すると、人形たちが陽桜李に覆い被さった。

陽桜李は抗(あらが)うが、人形の首や腕がぼろぼろ落ちるだけだ。

「ううう、うーっ！　くっ、この！　やめて、やめてぇ！」

「ねえ、お母さん。あたし、弟か妹が欲しいなあ」

「は、はあ、……え？」

「ちょうだい！　あたしに弟か妹、ちょうだい！　お母さん……子を産んで！」

柚子は指をさして人形に何か命令した。首のない人形が数体、陽桜李を押し倒す。

九

陽桜李は、白雪の嘶きで目が覚めた。

はっと刮目すると、人形の山に埋もれていた。遺体の腐臭が鼻につく。だが、人形の隙間からは光が差している。陽桜李がただの人間ならば、生き埋めになって死んでいただろう。

こうやって死体を集めているのか。柚子の隙を狙ったが、相手が一枚上手だった。

再び白雪の鳴き声が聞こえた。同時に覚えのある気配がする。

「陽桜李！　陽桜李ぃ！　何処だ、何処におる!?」

涙川の絶叫が聞こえ、陽桜李は我に返った。もがいて人形を押しのけようとした。

片手を光へ伸ばし、口を開ける。

「私は此処！　助けて、助けて！」

「涙川殿、近いです！　この辺りで陽桜李の声がします！」

琥珀の懸命な声もした。しかし濃い霧で見えないのか、発見できずにいる。

陽桜李は人形の隙間から顔だけ出して、外の景色を覗いた。

「ばーか、ばーか！　ふふふ、あんたたちのお姫様は見つけられるかしら？　もうお姫様、ぐちゃぐちゃになっているかもよ」

柚子が木に登って、こちらを見下ろしている。小さな両足をぶらぶらと揺らしているところだけを見ていると、実に愛らしい少女だ。

「きゃはは！　人形ちゃんたち！　殺（や）っちゃって！」

柚子が指示すると人形は山から起き上がって、わらわらと森を徘徊（はいかい）する。上からいなくなった分だけ軽くなり、陽桜李は体に力を入れるが、まだ人形の山から出られない。

――もしかして、人形がどんどん減れば……。

人形が両手を伸ばして涙川に近づく。だが、涙川は乗馬しながら刀を華麗に振り回す。琥珀と大和も後ろから駆けつけ、どんどん人形を突き刺し壊していく。

もっと、もっとだ。三人とも、やれ、やれ――！

陽桜李は願う。力が無限の人形と、人間である涙川と兄二人の膂力勝負だ。

「人形ちゃん、役に立たないと、どうなるか分かっているでしょうね？　塵よ！　塵のように捨てられるのよ！　それが……どれだけ恐ろしいと思っているの⁉」

「人形の主よ。涙川殿は〝蒼夜叉〟と呼ばれた武士だ。あまり舐めるなよ」

琥珀が叫ぶ。

陽桜李の目には青い閃光が映っていた。涙川の斬撃は激しいが、清流のように洗練されている。舞うが如き刀捌きは、どこまでも美しい。

異国の血が混じった独特な色の瞳が鋭い。宝刀を陽桜李に譲っていても、この強さだ。人形が次々と、萎れたように崩れていく。

涙川を見ていると、陽桜李の中に闘争心が芽生えた。体内の野性がざわつくのだ。人形が、さらに山から出撃する。ふわっと体が軽くなったのを逃さず、陽桜李は全身に力を入れて、拳を握り締める。思い切り両手を広げ、残りの人形すべてを吹き飛ばした。

潰れた虫のように、人形が地面に叩き付けられる。四肢がバラバラになって戦闘不能の者も多いが、まだ術が効いている者が陽桜李に向かってきた。

陽桜李はすぐに刀を抜く。脳裏に焼き付いた先ほどの涙川の刀捌きを想像しながら、刀を振るう。斬って踊って、また斬る！

陽桜李の目前で人形が飛ばされた。森の闇に光る白。白雪が人形を蹴ったのだ。

「……白雪っ！　助けに来てくれたのね！」

「ひひん！」

「いい子、とてもいい子だわ！」

陽桜李は喜んで跳ねながら騎乗した。人形を退治したら、狙いは一つ。

柚子の声がしたほうへ、走る。霧の中でうっすらと小さな人影を感じた。

陽桜李は白雪の上で立ち上がると、猿の如く木に登った。太い枝を摑んで、上へと移っていく。柚子は獣のような動きの陽桜李に、ぎょっとした顔をした。

「いやあ！　何この女!?　猿にでも育てられたの!?」

「ふふふ、もしかしたら猿から生まれたのかもね！」

陽桜李は冗談を交えながら、柚子の首根っこを摑んだ。そのまま幼い体を抱きかかえて、何尺も下の地面へ着地する。

少し足がびり、と痺れたが何ともない。小さい頃から慣れたものだった。

「涙川殿！　お兄様！　式神の柚子を捕らえたわ！」

「はなせ、はなせえ！　ふざけんな！　くそ、くそお！」

陽桜李は暴れる柚子をものともせず片腕で抱える。そのまま白雪に乗り、涙川たちのもとへ駆けるよう、鞭（むち）を打った。

「陽桜李！　涙川殿！　陽桜李がやってきます！」

「ああ……、よかった、よかった。陽桜李、無事でおったか」

琥珀が声を掛けると涙川の瞳が柔らかくなった。硬直していた頬が緩んで、陽桜李にほっと息を吐く。陽桜李は柚子を白雪に乗せたまま、下馬した。

木から落ちても何ともないのに、陽桜李も涙川たちと再会できて気が緩んだのか、ぐき、と片足を挫いて転びそうになった。

「それで、式神は何処だ？」

「此処です！　名前は柚子だそうよ」

縄を持ってきて、鞍の上でぐったりとしている柚子を縛る。涙川はじっ、と柚子を見ながら神妙な面持ちになった。

「……どう見ても小さい子じゃないか。本当に有翠の式神なのか？」

やはり陽桜李と同じように、大和も式神の姿に驚いている。つい涙川も、敵だというのにそっと木に寄りかからせた。だが、逃げないように強く縛り付ける。

「幼く見えても関係ない。首を獲るぞ」

涙川が刀を構える。だが、気づくと陽桜李は涙川に立ちはだかっていた。

「……首は、獲らないわ」

刀を前にして、陽桜李はゆっくりと首を横に振った。

「幼く見えるから同情しているわけではないの。柚子、貴女は私に言ったわね。〃お前も正義のためなら人を殺しているくせに〃〃残虐は女の子らしくないと思ったか〃と。私にも思い当たることがあったの。小さい時、よく虫をバラバラにして殺していたわ。──貴女、有翠の命令で、虫と人との区別がつかないだけなのでは？」

大和がぎょっとした顔をし、駻馬（かんば）のようだった陽桜李の幼少期を知っている琥珀が苦笑した。

「お淑やかな言動だけが女を表現するのではない。どんなことに関心があっても、女として生きられる。ただ、貴女は戦場にいて、教団員たちから崇められてこんなことをしている。だったら貴陽で罪を償って、倫理観はこれからつけても生きられる。殺すのは早計だと思うわ」

「陽桜李、馬鹿なことを言うなよ！　こいつが殺した人たちは、自分の人生なんか考える間もなく死んだだろ！」

戦場でまだ人を殺したことのない大和の発言だった。

「それは侍の私たちだって同じだわ。相手に愛する者がいようがいまいが、殺すまででしょう」

極論に、大和は言葉に詰まってしまう。その間にも、陽桜李は木に縛られている柚子の縄を解いた。

柚子は愕然として口を開けたまま、陽桜李を見上げた。あんなに暴言を吐き続けていたのに、今は陽桜李のことをお化けでも見たかのように一瞥して、緑の瞳を震わせながら気まずそうに俯いている。

「これから柚子に苦しんでいる人を助けてほしい」

「助ける？　あたしが？　どうやって？」

「それは後で、ゆっくり考えましょう。とりあえずこんな森から出ることね。貴陽で償って自立できたら国を出ていってもいい。貴女って、もう、とっくの昔から自由なのよ」

陽桜李は柚子の片手をそっと握る。

「森の外まで送っていくわ」

引き止める涙川たちを、振り返らずに連れていこうとした——その時だった。

繋いだ柚子の手が引き離される。驚く丸い目が熾烈に光った。

涙川の「しまった！」という声が聞こえ、陽桜李は首を強く摑まれた。目の端を、見覚えのある金髪がふわりと掠めた。

「陽桜李様は愚かな女ですねえ。それでは悪い人に騙されて、痛い目に遭いますよ」

首を絞められながら、陽桜李は襲撃者と目を合わせた。男が微笑みながら「面目ない」と謝った。

　――紫苑だった。今朝、平原で会った侍だ。

「貴方、避難所の人だと思っていたのに、まさか式神だったなんて。騙されたのね」

　刃先が陽桜李の喉元を突いた。

「陽桜李っ！」

「誰も来るな！　いいか、一歩でも動いてみなさい！　女の首が飛びますよ！」

　紫苑の叫びに、陽桜李は片眉を上げる。涙川は構わず抜刀して、口の端を歪めた。

「ふっ。そこのお前、随分と余裕がないな。どうした？　……ああ、そこの〝女〟を守りたいのか」

　涙川の煽りに、紫苑が眼光鋭く睨み返す。

「……くっ、柚子！　早くこっちに来なさい！」

「紫苑お兄ちゃん、でも！」

「早く、早くしろ！」

　紫苑に怒鳴られ、柚子はびくりと体を震わせた。そして早足で紫苑の後ろにつく。

　その様子を見て、涙川は何かに気づいたように笑った。

「さては柚子とやら、お前、実は単独行動だな？」

「………………」

「今までのクソ餓鬼っぷりも、すべて演技だ。自分の好きな有翠と、そっちの男が喜ぶとばかり思ったんだろう。――推測できるぞ。俺は夢想家(ロマンチスト)だからな」

「こんな時に何を言っているの。バカ師匠！」

「黙れ！　これ以上、ふざけた口をきいてみなさい！　陽桜李様の命はない！」

「……ふん、正解か」

紫苑は怒りにまかせて、陽桜李の首を絞め上げる。

初めて出会った時の優雅そうな男とは、別人だ。懸命に妹を守る兄のよう。もしかして、有翠の式神とは、家臣ではなく家族なのか――そんなことを陽桜李は思う。

首を絞める力が強くなる。陽桜李の片腕が痺れたようにぴくぴく震えた。

「紫苑お兄ちゃん、やめて！　もうやめて！」

柚子は涙声で叫んだ。

「あたし、苦しんでいる人を助けなさいって言われた。あたしを見捨てなかった人、有翠様と紫苑お兄ちゃんたち以外、いなかった。お姉ちゃん、今、苦しそう、だよ、お願い、はなして、はなしてえ！」

やっと柚子らしい面が見られた気がして、陽桜李は苦しい息の下で微笑む。

ちゃんと教育されていたら、この素直な心は健やかに育っていたかもしれない。

柚子の泣き声に、紫苑の力がどんどん弱くなった。陽桜李はやっと息ができるようになる。紫苑は「くっ」と呻いて、陽桜李を涙川たちのほうへ突き飛ばした。

「……柚子の首は獲った、ということにしてください。有翠様にもそう伝えておきますから」

紫苑は小さく告げると、柚子を抱きかかえ、霧の中に消えた。

「待て！」

追おうとした涙川の背後に、多くの人影が見えた。人形の追っ手だった。陽桜李は急いで抜刀したが、琥珀が目の前で止めた。

「陽桜李、此処は僕たちに任せて涙川殿と行け。あの式神を追ってくれ！」

「えっ、でも！　琥珀お兄様！」

「そのための俺たちだろう！　絶対に死なない。必ず有翠の屋敷で落ち合うぞ！」

「大和お兄様っ！」

陽桜李は白雪を指笛で呼び、ひらりと騎乗する。琥珀と大和に続こうとしたが、涙川に止められた。

「陽桜李、琥珀の言う通りにするぞ。安心しろ、あの二人は既に〝侍〟だ」

襲い来る人形を次々と斬り捨てていく兄二人の勇姿が、陽桜李の目に焼きついた。

大和の「行け！　早く！」という叫びに陽桜李はやっと決断する。

白雪の手綱を引き、陽桜李は涙川と共に紫苑が進んだ森の深部へ向かった。

十

小雨のような霧が、森を包んでいた。

白雪が駆けると、陽桜李の頬が水滴で濡れる。木々を避けて進むと、道の先に二つの人影が薄ぼんやりと映った。

「涙川殿！　見えますか！　紫苑と柚子がいます！」

「おお、分かっとる。今、止まらせるぞ！」

涙川はあえて馬を遅く走らせ、陽桜李に目配せする。

すぐに手綱を引くと馬が嘶き、涙川は紫苑と柚子の前に回り込んだ。抜き身の刀を紫苑の前に差し出して「動くな！」と叫ぶ。

「陽桜李が温情を見せたのをいいことに、この恩知らずめ」

「待って、おじ様、陽桜李様！　あたし決めたの。話を聞いて！」

「誰がじじいだ、たわけ！」

懇願する柚子に毒を吐く。呼称を気にしている場合かと陽桜李はひやひやする。涙川にまだ余裕がある証拠だろうが、また二人を逃がさないか不安になった。

「あたし、森を抜ける。貴陽で更生したい。やったことは許されなくても、ちゃんと償うから。そしたら陽桜李様が仰った人助けというのをしたい！」

「柚子、よく言ったわ」

頷く陽桜李に、柚子は続けた。

「父親に殺されたあたしを式神にしてくれて、有翠様には感謝してる。有翠様は家族だと思ったけれど……もう戦いたくない。人を殺したくない！」

陽桜李は白雪を止め、必死に微笑む柚子の手を取ろうとした。

だが、しゅっと鋭い閃光が目の前を走った。陽桜李は咄嗟に目を瞑り、すぐに瞼を開けて、絶句した。

地面に柚子の首が転がっていた。首から下がゆっくりと倒れ、先に転がった首の隣に、ぐにゃりと崩れていった。

射手が弓を放ったのだ。矢は刃の如く飛んで、柚子の細い首を落とした。

射手の逃げる足音が、森の闇へ消えていく。陽桜李はそれを追わず、白雪から下りて死体に駆け寄った。柚子の開いたままの目を、そっと上から触れて閉じさせた。

『貴陽のお姫様は、父親に似て甘いのねえ。人殺しの行きつく先は地獄のみよ』

有翠の声がぐわんと森じゅうに響いた。

陽桜李は驚いて耳を塞ぐ。それでも声は聞こえた。遠隔で音を伝える術だろう。

『……紫苑、分かっているでしょうね？』

陽桜李は、柚子を失い茫然としている紫苑を見る。有翠に名を呼ばれたが、紫苑は隈ができた目元を俯かせ微動だにしない。ただ抜刀して、陽桜李の前に立ち塞がる。

「柚子に触れるな」

低い声で告げる紫苑と、陽桜李が対戦しようとしたところへ、下馬した涙川が強引に割り込む。

「哀れな獣と化したか。今この場で、俺が介錯してやろう」

涙川は抜刀すると、霧雨で濡れた刃を光らせた。切っ先から雫が落ちる瞬間、紫苑に向かって走り、斬りかかる。紫苑が涙川を止めて押し戻す。そこから何度も刀を振るう涙川と返す紫苑の間で、切り結ぶ刃が擦れて火花が散った。

凄まじい斬撃の応酬に、陽桜李は息を呑む。

――侍の戦いだ。どちらがいつ斬られてもおかしくない。目を離した隙に涙川が負けたらと思うと、もう瞬きもできなくなった。

「陽桜李！　ぼーっとしている場合か！　お前は先に有翠の屋敷に向かえ！」

涙川は振り向くことなく叫んだ。陽桜李は我に返ったが、動けないでいた。

「涙川殿を一人にはできない！　もし負けたら、私が戦わねば……！」

「はっ、俺が負けるだと？　笑わせるな、刀を持つ手が緩む！　さあ行け！　ここまで来たのだろう？　絶対に振り向くな、立ち止まるな、前へ進め！」

涙川は交戦しながら告げた。決死の声に陽桜李は瞳を潤ませながら、頷く。

陽桜李は白雪に乗り、向きを森の奥へ変えた。鞭を叩いて白雪を走らせると、背後で刃を交える音だけが聞こえた。振り返りたい気持ちをどうにか抑える。

大粒の雨が頬を打つ。曇天が森の夜闇を深くさせ、暗がりで雨粒は光となる。

——もう戻れない。陽桜李の片目から雨と混じった水が流れる。

刹那、閃光がひらめき、数拍おいてバリッと耳が裂けたような音がした。

白雪が嘶いて止まり、陽桜李は音がしたところを見た。

先ほど涙川たちがいた辺りがまた、大きな光に包まれた。そして、轟音。

落雷だ。狼煙のような黒煙が上がっている。

「嘘、でしょう……？」

赤い光が小さく見えた。陽桜李が辿ってきた森の道が燃えていた。木々が倒れ、そこにぽっかりと虚無があった。

十一

白い花が咲いている。

陽桜李は花の名前も分からない花畑にいた。

寝坊助(ねぼすけ)の陽桜李は、いつもの朝の調子で瞼を擦り、やっとの思いで起き上がった。

晴れ渡る空に花弁がひらひらと舞うのを、ぼうっと眺めている。

「陽桜李、おいで」

「おーい！　陽桜李！」

大好きな兄二人に手招きされて近づくと、琥珀が器用に白い花輪を作って頭に載せてくれた。涙川もそばにひっそりといて、笑っている。

「陽桜李」

愛おしい声がした。ずっと、ずっと、聞きたかった声だ。

漆黒の着物を着て、相変わらず眉間に皺を寄せながらも、優しく名を呼ぶ。

「美春お父様」

陽桜李は涙を零しながら美春に抱きつこうとした。甘える子供に戻りたかった。

恋する前に戻りたかった。でも、自分が美春に恋をしてしまったせいで……。

「………!?」

辺りが真っ暗になり、花は消し炭のように枯れた。花の茎が足に絡みつく。

みし、みしっと音を立てて締め付けられ、動けなくて懸命に片手を伸ばした。

「陽桜李、俺を捨てないで」

「痛え、痛ぇよ……」

「……すまぬ、陽桜李」

届かぬ指の先に、人形と戦う兄二人と涙川、そして大きな落雷が見えた。

「陽桜李！　来るな！　来るでない！」

そして、美春の声が聞こえた。

呻いて倒れゆく陽桜李の前にあったのは――四人の男の死体だった。

泥のような雨の中、陽桜李は白昼夢から覚めた。

騎乗したまま、突っ伏すように馬の背に寄りかかっていた。気絶した主人を落とさぬように、白雪はゆっくり歩いてくれていた。

雨がさらに強くなってきた。陽桜李の黒髪はぐっしょりと濡れ、毛先から雫がボタボタと落ちる。鉛をつけたように全身が重い。白雪は疲れたのか、明らかに歩調が遅くなっていて、陽桜李は鞭を再び叩いた。

「白雪、もうすぐだから頑張って……！」

すると、急に空が明るくなってきた。

「霧が……晴れた？」

目の前に大きな家の影が現れる。隠されていたものを、ついに見つけたのだ。

陽桜李は馬から滑り下りた。あの影は有翠の屋敷に違いない。

──徒労じゃなかった！　今までの犠牲は無駄じゃなかった！

美春がやってきたことも、勘解由小路の者たちの苦労も、これですべて報われる。

闇を彷徨い続けた末に、希望の光が見えた──はずだった。

「……え？」

屋敷に近づくにつれ、陽桜李は呆気にとられる。

「……そ、そんな……お願い、嘘だと言って」

体の震えが止まらない。今にも倒れそうになる。

「私は、私は何のために！　何のために、お兄様を、涙川殿を！」

屋敷はあった。確かに、あった。

しかしそれはもう〝屋敷〟とは言えなかった。一目で誰もいないことがわかる。陽桜李の目に映ったのは、とても人が住んでいるとは思えない〝廃墟〟だった。

「返して。お父様を、涙川殿を、琥珀お兄様と大和お兄様を、私の家族を返して!!」

陽桜李は空を見上げて泣いた。鈍色の雲が空を覆い、絶望の雨はただただ降り続けた。希望を奪い、大地を打つ雨音は、冷えた心の鼓動となった。

十二

ぽつぽつと頭上から落ちる水滴の音で、どうにか意識を保っていた。

雲間から差す、微かな夕日が眩しくて目を細める。

陽桜李はいつのまにか朽ちた柱に寄りかかっていた。白雪が鼻を鳴らしながら陽桜李の頬を舐める。

待てど暮らせど、とは誰が言ったのだろう。雨が止むまで一日、ひたすら待ち続けたが、兄二人と涙川が追ってくる気配は一向にない。

あの大きな落雷と森の火事を確かに見た。けれど、その事実を受け入れられない。うたた寝の合間に、何度もいやな夢を見た。家族の死体が転がっている夢だ。

「……気がつかれましたか」

静かな声がした。だが陽桜李は、悪夢を思い出して小さく叫んだ。

「どうか気をしっかり持って」

「いや！　いやあ！」

「私が殺した！　私が、お兄様を、涙川殿を！　お父様を！」

「安心してください。私は美春様の行方を知っています」

暴れる陽桜李を落ち着かせようと、目の前の男がそう告げた。

見覚えのない男だ。髪をだらりと若布（わかめ）のように伸ばし、顔色は悪く腰が曲がってい
る。咳をしながら陽桜李の隣に座ると、屋敷に差す夕日を見ていた。

「美春様は確かに有翠様の屋敷に行きました」

「何処に？　何処にお父様がいるのですか。揶揄うのはやめてください」

「落ち着いてください。涙川様も琥珀様も大和様もご無事です」

陽桜李は「えっ」と気の抜けた返事をした。どうしてこの男がそんなことを知って
いるのか。男は陽桜李の気持ちを察したのか話を続けた。

「私の名は〝機織（はたおり）〟。昔、東国で機織の仕事をしていたからそう呼ばれているだけで、
名などありません。これでも有翠の式神の一人です。私は〝空間を作る〟能力を持っ
ています。落雷の時に空間を作って三人を入れ、〝森の前〟に転移させました」

「……ああ！」

式神だというこの男の言葉を信じていいのか。その答えを出す前に、陽桜李の目か

ら安堵の涙が溢れた。

「この空間を作る力を認められ、有翠様の屋敷も作りました。案内いたしますよ」

「……何故、私を助けてくれるのです？」

「何故、なのでしょう。妹のように思っていた柚子が有翠様に殺されて、私の心は変わってしまった。私たちは偽物で、陽桜李様の家族こそ本物だったのだと。……こんなことをして、きっと私も殺されるのでしょうね」

すっと立ち上がると、機織は陽桜李の前を通り過ぎていく。

穴の空いたボロボロの障子を引くと、障子の向こうにいきなり襖が出てきた。雨に濡れて朽ちた屋敷のものとは思えないほど、その襖は綺麗だ。何枚も何枚も襖を開けたあと、息を吐くと機織は陽桜李に手を差し伸べた。

「あの世とこの世の狭間(はざま)……常世です」

驚きの光景に、陽桜李は瞠目(どうもく)した。襖の奥は真っ暗だが、目をこらせば薄らと何かが見えた。――橋だ。その先には巨大な屋敷があった。

「まさか、あれが有翠の？　それに今、あの世って……」

「驚かれているようですが、既に此処もその境界。戻るなら今しかありません。美春様はこの先に行ってしまわれた。常世では、それ相応の霊能力がなければただではすみません。そう簡単に人が行けるところではない。それを承知の上で、ご覚悟を」

屋敷に入ってからが始まりなのだ。

陽桜李は唾を飲み込んだ。人ならざる者であっても、此処まで来るのがやっとだった。しかし、迷う余地などない。

——美春お父様がいるのなら！

さっきまでの絶望が嘘のようだった。どうして前に進むことに躊躇いがあろう。

兄たちも涙川も生きている。

「少し休んだら、避難所まで戻れる？」

陽桜李が囁くと、賢い白雪は鼻を鳴らし、やがて颯爽と森の中を走っていった。

——もう、戻る手段はなくなった。

「機織さん、ありがとう。私……必ずお父様を見つけ出して、帰ってきます」

「礼を言われる立場ではありません。有翠様のためとはいえ、教団がしたことは非道極まりなかった。今さら罪滅ぼしすら烏滸がましい」

「でも私は救われた。それだけでいい」

陽桜李は襖の前まで戻り、機織に笑みを向けた。

深々と頭を下げると、常世の闇の中へ入っていった。

最終章

陰陽師と桜姫

一

瞼の裏に赤い光が映り、何度か瞬きする。

陽桜李(ひおり)はゆっくり体を起こした。常世に入った途端、気を失っていたのだ。

「……月が、赤い」

空を見上げて、ぽつりと呟く。

低いところにある月は、赤く見えるという。しかし、この月はどうだろう。勘解由(かでの)小路(こうじ)家よりもずっと大きな屋敷の上空に、高く高く昇っているのに血のように赤い。

光に引き寄せられる虫のように、陽桜李は月に向かって歩きだす。

橋を渡ると有翠(ありすい)の屋敷の門前に着いた。

「常世でも、桜は咲いているのね」

誰に言うともなく呟いた。門前で咲く桜は赤い月光を照り返し、椿と見紛うような血の色をしている。足下に、見覚えのある花弁がひらりと落ちた。

常世、異郷——陽桜李の頭には、真っ先にそのような言葉が浮かぶ。

目眩と吐き気がした。渡りきった橋の欄干に手をかけて下を覗くと、水の流れる音も聞こえない川がある。暗い水面には、自分の情けない顔が映るだけだった。

涙川も兄二人も盾にして、此処まで来たのだ。全ては、有翠と勘解由小路家の因縁を断ち切るため。

「しっかりしろ！　私は、美春お父様を見つけるんだ！」

陽桜李は両頬をぱちんと叩く。

生まれたからには、生きるしかない。どうなっても——。

『……陽桜李様、聞こえますか？』

背後から、落ち着いた声が響いた。機織のものだ。

『そこに、結界があります』

陽桜李は目の前に手を伸ばした。確かに、水面を描くような清澄な隔たりがある。

「何か、壁があるみたい」

『それが常世の結界です。私なら外せますが……』

「平気よ。私は行く」

『……よかった。陽桜李様に会わせたい人がいます。一時的に私が、その人が来られる〝空間〟を作ります。屋敷に入ってすぐ右の襖です。会っていただけますか？』

声に切迫感がある。機織が焦るほどの人物とは誰なのか。陽桜李は返答に迷う。

『私も思ってもみなかった。でも千載一遇と言うしかありません。どうか——』

「そこまで言うなら……」

機織はか細い声で礼を言い、それを最後に何も聞こえなくなった。

門を潜った先に庭園があった。石畳の両脇に彼岸花だけが煌々と咲いている。

屋敷の入口は暗く、正面から中に入った途端、陽桜李は声を上げた。

虎がこちらを睨んでいた。屏風に描かれた大きな虎の絵であった。

「……吃驚した。ただの屏風だった」

虎が睨む先には、頭が瓢箪のような老人が描かれている。無毛であるが飄々とした顔で、虎の前で胡坐をかいていた。

「これって……滑瓢？」

陽桜李は首を傾げながら屏風をしげしげと見た。絵巻で見たことがある。滑瓢は東国最強の妖怪ではなかっただろうか。……でも、どうしてこんな絵が？

時が止まったかのように屏風の前で立ち止まっていたが、機織の伝言を思い出す。

屋敷に入ってすぐの右の部屋。そこに陽桜李と会わせたい人がいると言っていた。

陽桜李は、右の襖をそっと開けて部屋に入る。中は真っ暗で何も見えない。

『……こっちよ』

凜とした声がした。陽桜李はつられて頭上を見る。

白い階段が浮いている。光る階段の上に扉があって、そこに人影が見えた。

透き通るような真っ白な肌と、熟した李のような艶紅の唇が鮮やかに目に焼き付く。美しく流れる長い黒髪。――〝自分〟だ。自分がいる。

「あ、貴女は……まさか、陽桜李、さん？」

恐る恐る名を呼ぶ。〝前の陽桜李〟が、階段の上からこちらを見下ろしていた。

そっくりなのに、自分とは何処か違った。

美春の過去を夢で覗き見た時の陽桜李とも、違っているように見えた。

蟀谷から噴き出した汗の雫が、とろりと頬を伝って落ちる。

『私は死者。蘇生したわけではないの。この世とあの世の境目――ここが常世だから、できたことね。さあ、早く来て。機織という男が時を作ってくれている間に』

前の陽桜李が手招きする。陽桜李は戦いでぼろぼろになった着物の裾を持ち上げながら、階段を駆け上がった。最後の段で転びそうになるのを〝前の陽桜李〟が支えてくれる。美しい唇が弧を描いて、不覚にも胸が高鳴った。

そして。触れた手の中に、忽然と懐刀が現れた。

『〝死幻刀〟よ。私たちが造った〝死者に会える刀〟。呪桜の呪いを解くものよ』

「な……呪いを!?」

『かつての陽桜李たちを集め、あの世で造ったの。有翠が何度も邪魔をしたけれど、やっと完成したわ。これで皆の無念も晴れる……』

白と黒のごく平凡な懐刀にしか見えないが、咒桜の呪いを解く刀だと思うと一気に重みが増した。

『貴女が最後の陽桜李。これで全てを終わらせるのよ。必ず美春を救い出して』

母のような笑みで告げられ、死幻刀を手にした陽桜李は大きく頷いた。

『私の身代わりなどではなく、今、美春は貴女を愛している。貴女は生まれるべくして生まれた。それだけは確かよ』

陽桜李は涙を呑みながら、前の陽桜李に微笑んだ。

すると地震のように部屋中が揺れ、階段が崩れ落ちた。

『……機織に何かがあったわね。彼の空間が崩れようとしている！』

前の陽桜李の焦った声を最後に、光る階段も何もかもが消えた。谷底に落下したような感覚から、すぐに部屋の明かりが点いた。陽桜李は部屋の中央で倒れていた。

握った手の中にある死幻刀を視認して、陽桜李はすぐにそれを懐にしまった。

「機織さんは……」

振り返ろうとしたところを、後ろから思いっきり頭を打たれた。あまりの痛みに頭を押さえ、陽桜李はその場に倒れた。

「――貴女が、柚子(ゆず)を殺した」

意識が遠のいていく中で聞こえたのは、覚えのある侍の声だった。

二

しゃきしゃき、と高音が響く。朧気（おぼろげ）な意識の中で陽桜李はゆっくりと瞼を開けた。顔を上げると、目の前に作業台があった。体を動かそうとしたが、縄で椅子に縛り付けられて動けない。

「……なに？　私……」

しゃきん――。

「貴女はこのぐらいの髪の長さがいいと、思っていたのです」

見せびらかすように、紫苑（しおん）が鋏（はさみ）を眼前に掲げた。切っ先が反射して、陽桜李の姿が映る。腰まであった髪が、肩のあたりでばっさり切られていた。

陽桜李は絶句した。黒髪が無残に床に散らばっている。美春や兄たちが「綺麗だ」と撫でてくれたのを思い出して、泣きそうになった。

「こんなことをしたって、柚子は戻ってこない」

「ええ、そうですよ。だから貴女が柚子の代わりになればいい」

紫苑に椅子を蹴られた。音を立てて床に倒れる。頬骨を強（したた）かに床に打ち付け、激痛に陽桜李は下唇を噛む。

　作業台の下には、真っ白な体を晒した人形の山があった。

「この姿のせいで差別されていたのを、有翠様が拾ってくれた。柚子だけが、私の人形を好いてくれた。けれど、もう……」

　そこで、ぐいと陽桜李の髪を摑んだ。椅子ごと体を起こされる。

「さあ！　柚子の髪の形で、柚子のように笑って、柚子のように私の人形を愛せ！」

　紫苑はもう一度、陽桜李の顔を床に叩き付けた。

「……紫苑、お兄ちゃん」

　縄が緩んだことに気づいて、皮肉っぽく笑いながら陽桜李は声色を作る。

「柚子に、人形をちょうだい？」

「戻ってきてくれたのか……」

　歪んだ歓喜に震える紫苑に、陽桜李は猫撫で声で懇願した。

「お兄ちゃんが作る人形、とても綺麗だから大好きよ」

　死体に細工をしたのではない人形を、綺麗だと思ったのは本当だった。この才能を有翠も認めたのだろうが、あの女は紫苑の人形を兵器として利用した。

　目に涙を浮かべる紫苑の隙を見て、陽桜李は縄を外した。

　拘束が解けたのに気づいた紫苑が、はっとして抜刀した。

――このままじゃ、斬られる！

陽桜李は両手で首を庇って目を瞑ったが、いつまで経っても痛みは訪れない。瞼を開けると、眼前で黒い花弁が舞った。咒桜の花吹雪だ。一人の女が手を広げて陽桜李の前に立っていた。

「……陽桜李さん！」

横目でこちらを見た〝前の陽桜李〟は白く透けている。実体ではないのだ。

『この子を、連れてきてあげたわ』

声と共に、小さな少女が現れた。紫苑は驚きのあまり刀を床に落とした。

「柚子！　どうして此処に……！」

『紫苑お兄ちゃん、ごめんなさい。あたしってば何にも上手くやれなくて。あたしたち、今度こそ生まれ変わったら、ほんとうの家族になろう、ね？』

柚子は花が咲いたように笑った。紫苑は膝をつき、床に伏して号泣した。

咒桜の花弁に包まれて、あっという間に紫苑が燃えた。紙に戻った式神は一瞬で焼け落ち、煤が黒い花弁と共に床へ落ちていく。つられるように柚子の幻も消えた。

時を同じくして砂のように消えかける〝前の陽桜李〟に、陽桜李は叫んだ。

「待って、待って！　お願い、美春お父様に会ってあげて！」

『……会わないわ。これでやっと、未練なく往けるんだから。最後の〝陽桜李〟が貴女でよかった。ありがとう……』

呪桜の花弁だけが残り、舞い落ちる。もう〝前の陽桜李〟はいなかった。

零れた涙が一筋、陽桜李の頰を流れていった。

三

作業台に紅涙刀（こうるいとう）が置かれている。それを手に取り陽桜李が部屋を出ると、長い廊下が続き、その最奥に大きな襖が見えた。

走っていって襖を開けると、そこは書院造の大広間だった。

中で倒れている美春に気づいて、「お父様！」と声を上げて駆け寄った。

「美春お父様！　私です、陽桜李です！　しっかりしてください！」

陽桜李は、反応しない体を支え起こした。優雅に着こなしていた着物には幾つもの穴が空き、艶やかだった黒髪は乱れ、ぼろぼろに窶（やつ）れているのが一目で分かる。

「帰りましょう、家族のもとへ。お願い……目を開けて。みんな待っています」

語りかけても反応はない。陽桜李は声を上げて泣いた。

もう、気づいていたのだ。美春が息をしていないと。

子供のように散々に泣き崩れたあと、陽桜李はもう一度、愛しい男の顔を見た。

勘解由小路の嫡男として生まれた、歴代最強の陰陽師。口数少なく不器用で、咒桜の呪いを解くために人生を捧げ、上河に尽くしたが――解呪の悲願を見届けることは、ついに叶わなかった。

美春は過酷な運命から解放されたような、穏やかな死に顔をしている。

陽桜李は隈の濃い目元をそっと撫でた。ただ眠っているだけにしか見えないのに、張りのある肌はどこもかしこも冷たく、ひんやりとしていた。


「――愛していました」


そっと笑いかけながら、美春に接吻した。瞼を閉じると目尻から涙が零れ落ち、美春の唇に染みた。そして陽桜李は、愛する男を抱き締めた。強く、力強く。

「……ひ、お、り……？」

ふと、少年のような声がして、陽桜李は勢いよく顔を上げた。黒々とした瞳が陽桜李を映している。あんなに冷えていた美春の体は、どんどん温かくなっていった。

「お父様！　ああ、お父様ぁ！」

「陽桜李……来て、くれたのだな。すまない……こんな」

陽桜李は泣き笑いしながら頭を振った。

美春を起こし、肩で支えて、二人はゆっくりと歩きだした。


『……いやだ。油断していたわ』


聞き覚えのある艶めいた声に、陽桜李は振り返る。

『死を生に変換する力まであるなんて。貴女って本当に〝完全成功体〟なのね』

どこから現れたものか、そこに有翠が立っていた。

陽桜李はすぐさま美春を守るように後ろへ隠し、紅涙刀を抜いた。

『その忌々しい刀をしまいなさい。でないと私、ぶち切れちゃいそう』

「あんたの首を持ち帰らないと、貴陽と上河で散った者たちの弔いにならないわ！」

有翠は水面のように青々と光る刀を睨みながら、血が出るほどに唇を噛んだ。

陽桜李は刀を持つ手にさらに力を込めた。息を深く吐き、予備動作なしに有翠に飛びかかる。

刹那、室内が黒々とした煙に包まれた。美春が陽桜李を引き寄せる。

『父親、父親ねえ……そういえば私にもいるのよ？　捨てられた私を拾ったのはお父様だった。私の望みを叶えたのもお父様。なのに人を苦しめるのはやめなさいって言うの。でもやめないわ。私はもう、お父様を乗っ取ったから！』

　高笑いと共に黒煙は消え、天井を突き破るほどの大きさになった有翠が現れた。正確には有翠の着物の裾から、何本にも枝分かれした巨大な触角が現れたのだ。

　ぬめぬめした灰色の触角は、広間を水浸しにしていた。その姿はまるで――。

「奴の正体は滑瓢……蛞蝓（なめくじ）の妖怪だ。だから〝女の涙〟の刀を恐れた」

　美春の言葉に、陽桜李は驚愕する。

「それって……つまり塩が弱点？」

「ああ。こんな単純な事実に、長らく誰も気づけなかった。――陽桜李、やることは分かっているな？　俺も援護する！」

「ええ、お父様！」

　陽桜李が滑（ぬめ）る触角を次々斬り落とすと、有翠は鴉のような悲鳴を響かせた。

　美春も式神を召喚し、落ちた触角が陽桜李に当たらないよう結界を張った。

　粘つくのも構わず、陽桜李は有翠の体をよじ登る。有翠と目を合わせ、思いきり紅涙刀を振り下ろした。

「貴女に足りなかったのは〝愛〟だ。家族、師弟、恋人……全ての愛だ！」

　叫ぶと同時に一閃（いっせん）。どさりと首が落ちる。

　まさに塩をかけられて溶けだす蛞蝓のような有翠から、陽桜李は逃げた。とん、と床に着地して、斬り落とした首に近付く。

『愛？　ふ、あははは！　あははは！　私は愛なんかで滅びぬ』

首だけになっても高笑いする有翠に、躊躇なく紅涙刀を突き刺した。

返り血を浴びた顔を袖で拭いながら、陽桜李は美春のほうを振り返る。

地鳴りが始まった。有翠の術が解け、屋敷が崩れようとしているのだ。

「陽桜李、早く常世から出るぞ！」

「でも、どうやって」

困惑する二人の頭上で、静かな声がした。

『……ついてきてください』

見れば、揺れる屋敷の中で、素朴な着物だけが人のように浮いていた。

陽桜李が常世に入る前に見た〝機織〟のものだった。


陽桜李と美春は機織の着物を追いかけて、屋敷の戸口まで来た。

戸を開けると、その先で桜色の花弁が吹雪のように舞っていた。

外の景色は滅茶苦茶だった。赤い月が屋敷の前まで落ちてきて、今にも陽桜李たちを呑み込みそうだ。有翠の死と共に常世も滅び始めている。

機織の着物が、橋の前で待っていた。

『入口の結界は、私を殺した紫苑が壊してしまいました。でも、最後の力で常世を別の場所へ繋げておきました。さあ、この橋から飛び込んでください』

「常世と現世が繋がる川、ってこと？」

それじゃあまるで、あの――涙川のようだわ、と陽桜李は思った。

二人は手を握り合い、覚悟を決めて川へ飛び込む。水中は真っ暗だが、互いの顔だけは見えた。美春は優しい眼差しで陽桜李を見詰め、その短くなった黒髪に触れた。

（……髪、切ったのだな。似合う）

（切ったんじゃなくて、切られちゃったの）

（誰に!?）

（今さら何を。いいんですよ。たまにはこんな姿も）

二人は幼子のように笑い合う。美春に褒められたらもう、陽桜李も髪の長さなど、どうでもよくなっていた。

（あのね、美春お父様、私……）

顔を上げる。美春の薄い唇から目が離せなくて、顔が火照る。

この唇を――私のものにしたい。

溢れる気持ちを堪えるように、陽桜李は美春に抱きついた。

二人は抱き合ったまま、水底へと沈んでいく――。

四

勘解由小路陽桜李による有翠討伐の一報は、瞬く間に貴陽と上河に伝えられた。

有翠教の解体、教団の犠牲者による玉兎の復興などが命じられる中、勘解由小路美春、陽桜李、琥珀、大和、そして涙川への報奨が決まった。

貴陽では陽桜李の存在はあまり知られておらず、まず姿絵が大売れした。男たちは陽桜李の神輿を作って担いだ。陽桜李を讃える祭は三日三晩に亘って行われ、民に活気を与えた。

本人はといえば貴陽の騒ぎなど露知らず、上河の屋敷で三日間、眠っていた。

あの日、常世から戻った陽桜李と美春は、涙川で皆と落ち合った。そして、互いの生還を喜んだあと、気絶するように倒れ、療養に入ったのだった。

陽桜李が食事と睡眠だけを繰り返しても、誰も咎めない。ただ、その時間も長くは続かず、貴陽の天帝の使いで、辰が上河にやってきた。

「父上、勅使がいらっしゃいました」

朝、琥珀に呼ばれた美春が広間に向かうと、貴陽の要人がずらりと並んで座っていた。涙川は寝坊しているようで安定の遅刻。その間、琥珀がせっせと茶と菓子を運んでいたので、陽桜李も手伝うことにした。しかし、それを見た要人の一人がぎょっとして陽桜李の仕事を取り上げてしまった。

美春の隣に座らせられて、陽桜李は首を傾げながら涙川の到着を待った。

「お前ら、掌を返したように美春に媚びるのか！」

涙川が相も変わらずだらしない恰好で、広間に入ってきた。

要人たちは気まずそうに俯くが、涙川の毒舌に陽桜李は小さく笑う。

「天帝からの報奨と下賜をお伝えします。涙川殿も喜んでくださるようなものだと思いますので、ささ、こちらへどうぞ」

動じない辰がにこやかに着座を促すと、涙川は外方を向いた。

「いらん。褒美も謝罪も媚びも。今、この国に必要なのはそんなものじゃない」

「まあまあ、それも含めて話し合いましょうね」

両手を八の字に置いて、辰は陽桜李たちの前に額(ぬか)ずいた。背後に控えた要人たちも同じように平伏した。次に顔を上げた辰が、押しいただいた書面を朗々と読み上げる。

「勘解由小路琥珀、大和、涙川惣司郎(そうじろう)に、第一側近の位を与える」

「はへっ？　お、俺たちが天帝の第一側近!?」

大和が素っ頓狂な声を上げた。武官学校に行っている大和は、天帝の第一側近が大名と同等と理解している。隣の琥珀は苦笑し、涙川は不機嫌そうに唇を突きだす。

「……それは俺への侮辱か。今さら、そんな位を欲しているとでも思ったか？」

「涙川殿、強要しているわけではございません。金銭、家、土地……如何ようにも交換はできますゆえ。ええと、まだ話があるので続けてよろしいですか？」

涙川はふん、と鼻を鳴らして黙る。辰は笑みを湛えたまま話を続けた。

辰は漆塗りの文箱から新たな文を取り出すと、それを広げて読み上げる。

「天帝の御文でございます。『貴陽の次期天帝は、勘解由小路美春とする』」

広間がざわっと揺れた。美春はただ黙っている。

「『さらに次の世代は、美春の娘、勘解由小路陽桜李を天帝に推す。ただし、』」

全員が、驚きを隠しもせず陽桜李のほうに目を向けた。

「『これらの即位には、以下の条件を満たすべし。――一、咒桜を斬る者は、桜姫のみ。死幻刀を用い、咒桜の呪いを解くこと。達成が叶わねば、次の天帝は――』」

「やめろ！　もうやめんか！　お前らのようなくずはここから出ていけ！」

涙川が怒鳴り、広間は一気に混乱に陥った。辰は動じず文を読み上げていたが、目は潤み声はずっと震えていた。

陽桜李は懐に手を当て、死幻刀がそこにあるのを確かめた。騒がしくなった隙を狙い、広間から縁側へ抜けた。そのまま草履も履かずに門を出る。

「――陽桜李！」

美春の声が聞こえた。後を追ってきているようだった。陽桜李は追いつかれないように息を切らして走り続けた。向かう先はもう決まっていた。

陽光が頬に当たる。茜色に染まる森を抜けると、最奥に一本だけ真っ黒に染まる巨木があった。はらり、はらりと舞い落ちる花びらは、墨が滴り落ちるかのようだ。

陽桜李は咒桜に近づき、死幻刀を鞘から抜いた。

刃先を樹皮に当てると、幹に真っ暗な空洞が現れた。それは有翠の屋敷に繋がる異空間に似ていた。この先は誰も知らない。生きて帰れるかすらわからない。

「陽桜李、だめだ、戻ってこい！　天帝になんて、ならなくていい！」

美春が辿り着けば、陽桜李は屋敷に連れ戻されるだろう。

「違う。天帝の座に興味はない！」

「じゃあ、どうして……」

「私、やっと……やっと役目ができて嬉しいの！　皆のためになるなら、幸せよ」

陽桜李は一歩、二歩と下がりながら美春に伝える。咒桜の空間に入る寸前だ。

「ありがとう、お父様。ここまで私を育ててくれて」

「陽桜李、行くな、行かないでくれ！」

美春の大きな手が目の前まで伸びる。陽桜李は微笑みながら目を閉じた。

五

りん――りいいん――。

鈴の音が鳴っている。

陽桜李は、ゆるゆると瞼を開いた。だが陽光が眩しくて、すぐ片目を閉じる。

「……天帝の、屋敷？」

辺りを見ると、やはり天帝の屋敷によく似ていた。ただ、記憶よりも質素だ。

「まあ驚いた。ここへ誰かが来るのは初めてよ」

可憐な声が聞こえた。白粉を塗ったような雪肌に、艶のあるぼってりとした唇、長い黒髪が特徴的な女――勘解由小路恋墨（こずみ）だった。

「……恋墨さん」

「そうね。そんな名前だったかしら。まあどうぞ、ゆっくりしていってくださいな」

恋墨は庭石に腰かけ、のんびりと応じた。陽桜李はつい呼びかけてしまう。

「……お母さん」

「あら貴女、お母さんを捜しているの？　あらあら、迷子かしらね。ふふふ」

話が通じていない。陽桜李は首を横に振った。

「恋墨さんは……幸せでしたか？」

「幸せ？　難しい言葉ねえ」

「愛する人とではなく、龍条さんと結婚して、辛くはなかったですか？」

初めて瞳の色が変わる。陽桜李は隣に座り、恋墨の真っ白な手を握った。

「龍条お兄様……」

「そうね……実はね、どっちもどうでもよくなったの」

「……え？」

「子ができたら可愛くて可愛くて……そう、あなたのような愛らしい娘だったの。桜が咲いた日に生まれたから、陽桜李と名付けたのよ」

桜の呪いを伝えるべきか迷った。だが、陽桜李にはできなかった。

ここで自身が怪異と化し、次々と咒桜の娘を生んでいた。――そんな恐ろしい真実を教えたところで、とうの昔に壊れた恋墨は、幸せになどなれない。

勘解由小路の因縁になど縛られず、この楽園のような幻の空間で笑っているほうが恋墨にとっては幸せなのかもしれない。

「……私には、やらなければいけないことがあって」

「あら、もう帰ってしまうの？　美味しいお茶もお菓子もあるのよ」

――恋墨さん。あなたが幸せだったと、知ることができてよかった。

陽桜李は懐から死幻刀を取り出し、鞘から静かに抜いた。手が震える。

「生まれたからには、生きるしかない。どうなっても。だから私は……ここで」

陽桜李が導き出した答えだった。

――あの男のために、私は生きる。

刃を深く、恋墨の腹に刺した。鈍い手応えがあったが、血は一滴も出なかった。

柔らかい体が、がくりと寄りかかってくる。陽桜李は恋墨を抱き締めた。

「……ありがとう」

ふと、恋墨の瞳に正気が宿った。顔つきが凜々しい女武者のそれになる。

「ありがとう、私を楽にしてくれて。陽桜李、元気に育ってくれて、ありが――」

母は娘の頬を、なぞるように優しく撫でて――消えた。

六

陽桜李は、春のような暖かな日射しで目を覚ました。

体を起こすと、ぽとりと懐刀が落ちた。刃先の欠けた死幻刀は、灰色の塵となって粉のように飛んでいった。

目前に聳える呪桜は、ただの桜に戻っていた。闇のように真っ黒だった花弁が、すっかり桃色に染まっている。――呪いが、解けたのだ。

「陽桜李……！」

声がする。美春は陽桜李の姿を見つけ、駆け寄って強く抱き締めた。

「……美春」

愛しい男の腕に身を委ね、目を瞑る。陽桜李はもう父とは呼ばなかった。

季節外れの満開の桜だけが、愛し合う二人を見ていた。

――本書のプロフィール――

本書は書き下ろしです。

小学館文庫

陰陽師と桜姫

著者　あすみねね

二〇二四年五月七日　初版第一刷発行

発行人　庄野　樹

発行所　株式会社　小学館

〒一〇一-八〇〇一
東京都千代田区一ツ橋二-三-一
電話　編集〇三-三二三〇-五六一六
　　　販売〇三-五二八一-三五五五

印刷所―――TOPPAN株式会社

この文庫の詳しい内容はインターネットで24時間ご覧になれます。
小学館公式ホームページ　https://www.shogakukan.co.jp

ISBN978-4-09-407354-6